集英社オレンジ文庫

水の剣《ラヴィーナ》と砂漠の海

アルテニア戦記

森　りん

JN019565

本書は書き下ろしです。

水《ラヴィーナ》の剣と砂漠の海
アルテニア戦記
Lavina, The Water Sword and The Desert Sea
The Tales from Artenir
C o n t e n t s

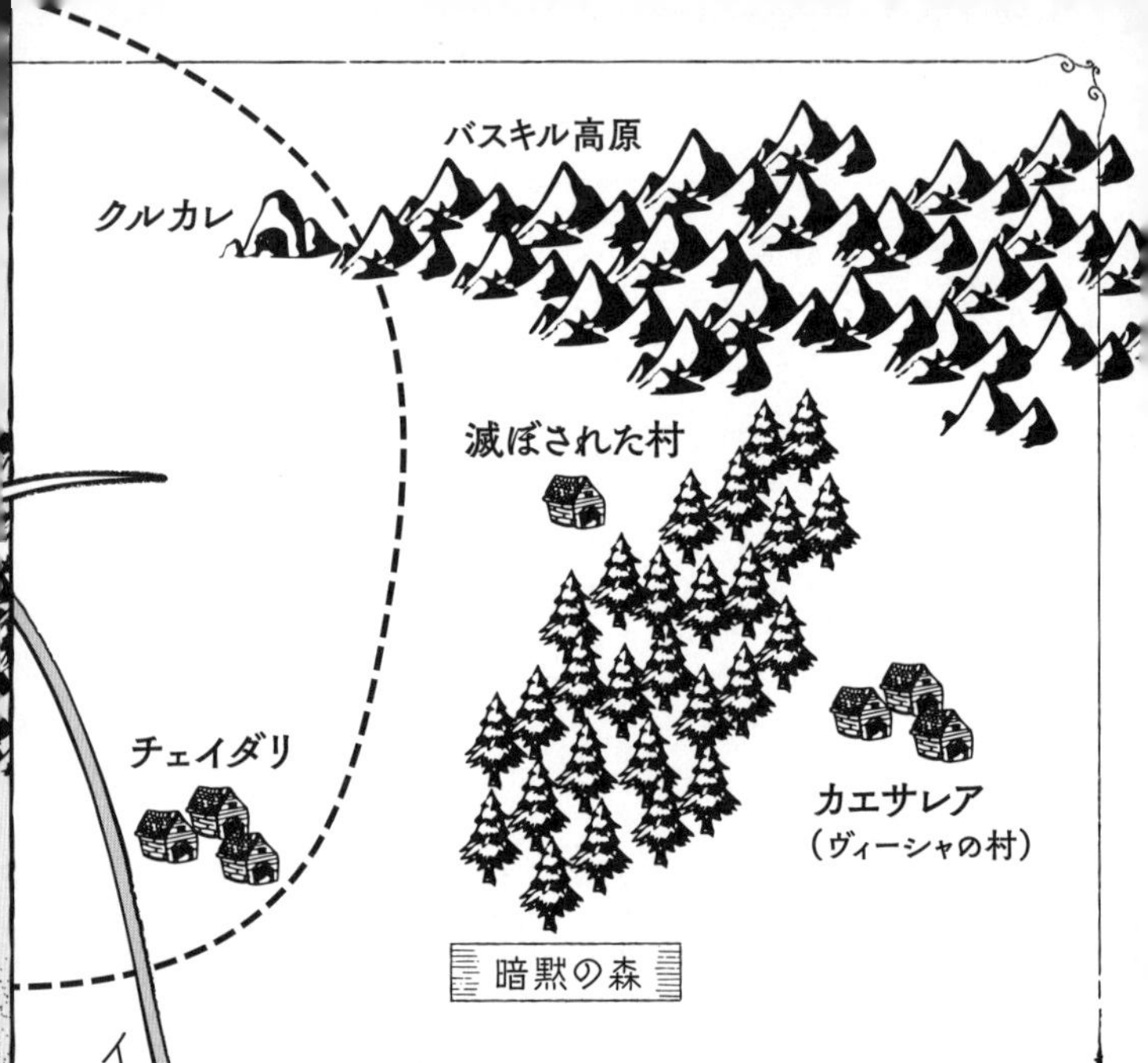

ジャナバル　水の神殿の神官

チナー　チェイダリの寡婦

ナイエル　水の神殿の下働きの少女。シリンの同僚

ヴィーシャ　オアシスの修理工。エニシテの友人

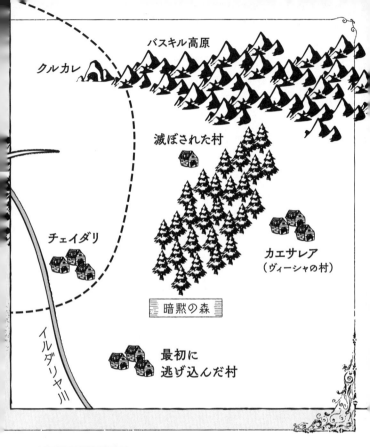

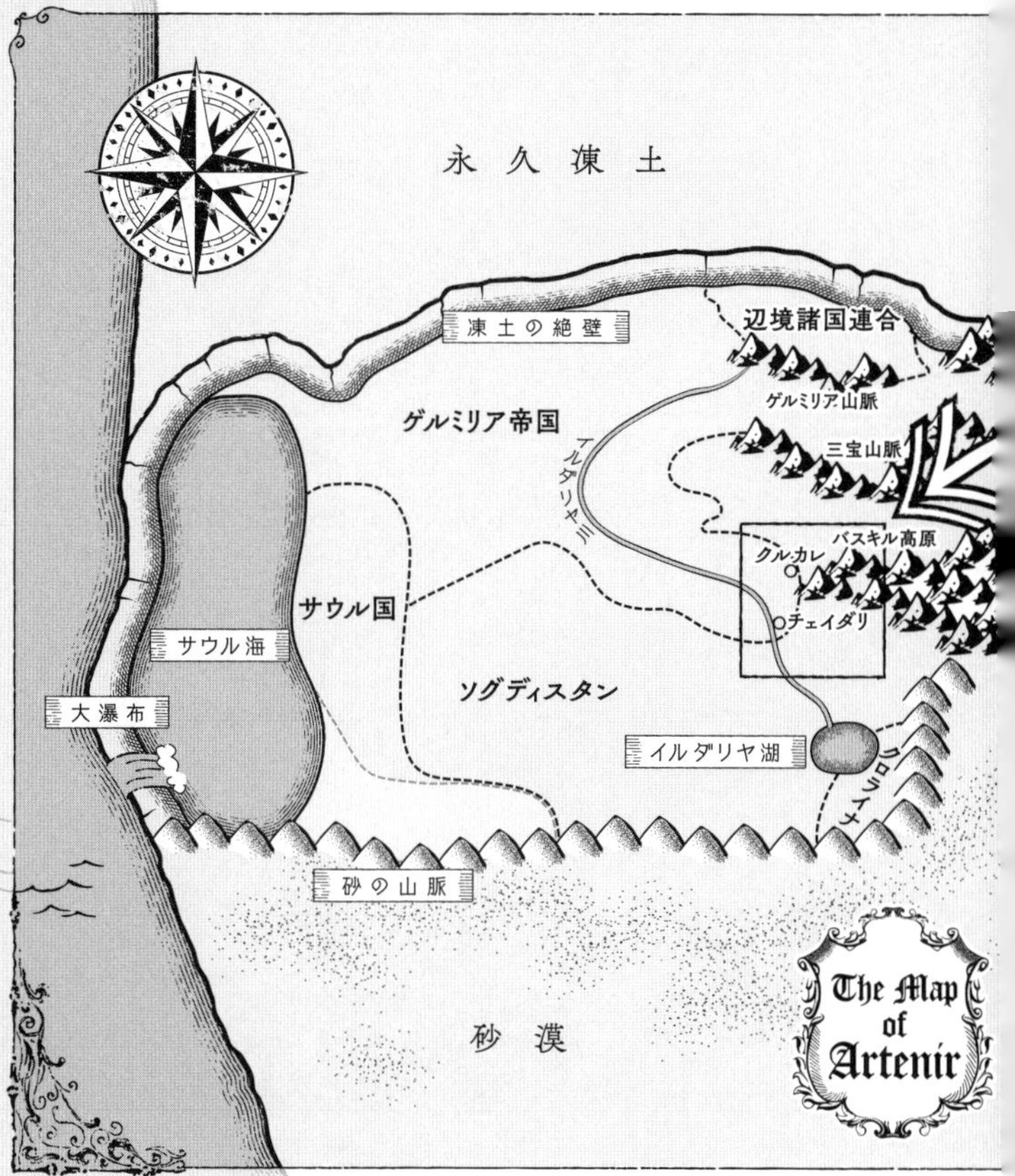

シリン ジャンスー族の生き残りの少女

エニシテ 魔獣師の青年

ジーマ（ディミトリ・メタノフ） ゲルミリア帝国の少佐。通称ゲルミリアの悪鬼

ユーリヤ 水の神殿の巫女長。ゲルミリア帝国の皇女

イラスト／遠田志帆

水の剣《ラヴィーナ》と砂漠の海
アルテニア戦記
Lavina, The, Water Sword and
The Desert Sea
The Tales from Artenir

……その世界の名を、アルテニア、と人はいう。

かつて、「火の時代」と呼ばれていた頃、人類は火の力をもって世界をあまねく支配していた。人は地に溢《あふ》れ、海を行き交い、空をも制した。

しかし、『支破《しは》の大戦』と呼ばれる争いが、人類の繁栄に終止符を打った。

人類を繁栄させた火によって、世界は一度焼き尽くされ、後には荒廃した地が残された。

国家は分断され、文明は滅び去り、軍事用の使役動物として生み出された異形の生物たちが野生化し、地に満ちた。

生き残った人々は、荒廃した大地にしがみついて、細々と生を繋《つな》いだ。地を這《は》うように生きながら、人々は「地の時代」の到来を絶望と共に悟らざるを得なかった。

そして、数百年の時を経《へ》て、失われた「火の時代」の文明の力を借り、「ゲルミリア」と名乗る国が北の辺境に勃興《ぼっこう》したことから、時代は再び動き始める。

各地に残された「火の時代」の遺跡には、「遺産」が出土する。

現代では失われた数々の技術の詰まった「遺産」は、これまでも、機序は理解できずとも、役に立つ部分は使われることがあった。辺境の一国家に過ぎなかったゲルミリアは、この「遺産」の研究を行い、不完全とはいえ兵器として仕立て直し、その力をもって近隣諸国を併呑《へいどん》し始めた。

周辺国家もまた、危機を察知して「遺産」の発掘を開始する。

かくて、戦乱の火種をくすぶらせながら、人類は再び文明の夜明けを目指し始めていた。

序章　始まりの闇

「シリン、ここから出てはいけないよ。ここは安全。ここにいれば大丈夫」

村のオババは十一歳のシリンにそう言った。

辺境諸国連合の一角、カクラム山脈の中腹にひっそりと隠れるようにある村が、シリンの住む場所だった。カクラム山脈の頂上から流れ出る雪解け水に潤された村は緑深く、道に迷い、偶然やってきた旅人以外は訪れる者もほとんどいなかった。それなのに、ゲルミリア帝国の軍服を着た男たちが村に頻繁《ひんぱん》にやってくるようになったのは、いつ頃からだったろうか。

そして昨日、男たちは大挙して押しかけた。枯れ葉色の軍服を着て、小銃を持った兵たちが、村の大人たちを広場に一人ずつ集めていくのをシリンは見た。

オババがシリンを廟《びょう》に連れ出してくれたのは、村の家に火が放たれた時だった。兵たちに見つからないようにこっそりと裏道を通り、廟の中に入り込もうとした。大きな音が聞こえたのはその時で、ぱあんという空気のはぜる音と村人の悲鳴とがした。

驚いて足が止まったが、オババはかまわずシリンを廟に押し込んだ。そうして、隠し階段の下の地底湖へと連れてきたのだ。

　村の廟の地下には広い地底湖がある。湖の真ん中にある島、そこには四方を半透明の壁で覆《おお》われた小さな部屋があり、祭壇になっていた。

「さっきのあれは何？　村のみんなは？　ミナや、エキンは？」

　シリンが聞くと、オババは悲しげに首を振った。

「いいかい。シリン、ここから出てはいけないよ」

　オババはそう言うと、祭壇にシリンをおいて行ってしまった。

　しばらくして祭壇の上のほうから恐ろしい音が聞こえてきた。地を揺るがす鈍い音が間断なく響き、同時に何かが飛び交うような高い音がした。時には悲鳴のような声も。

　半透明の貴石でできた天井からは、外の光が時折透ける。暗闇《くらやみ》の中にひらめく白い光や赤い炎のような揺らめきが、信じられないほど美しく見えた。

　知らず知らずのうちに体が震えた。胸がどきどきと鳴って、痛いくらいだ。

　何か怖いことが起きている。とてつもなく怖いことが。

　シリンは耳をふさいで祭壇の前にしゃがみ込んだ。

　そんなはずがない。ここで待っていればきっと朝には迎えに来てくれる。

　無限に続くかと思われた夜を過ごして、貴石の天井が朝の光を透かし始めても、シリンは座り込んだままだった。

ふいに、部屋の外から物音がした。

水に濡れた道を歩く音が響いた後に、小部屋の扉ががたがたと揺すぶられた。

シリンは祭壇の前でいっそう小さく身を縮こまらせた。

扉は開いた。そこに、小銃を背負った大きな男が立っていた。村によく来ていた男たちよりもずっと立派な軍服を着ていて、襟《えり》にも肩にも徽章《きしよう》が鈍く輝いている。制帽を目深《まぶか》に被っていたが、そこからのぞく顔は年若いといってもよく、思いのほか表情は柔和だった。

「こんなところに生き残りが……」

男はつぶやいた。シリンは男を見上げた。

「オババは……どうしたの」

「オババ？」

「ここにいれば大丈夫だって言ったの。ねえ、オババはどうしたの？」

男は唇を引き締めた。

「迎えに来てくれないの……？」

「オババは来られないんだよ」

「エキンやミナは？」

「ほかの人も、もういないんだ」

「どうして？　昨日の夜の、大きな音のせいなの？　一晩中、天井がチカチカしてたわ」

男は答えないままシリンを見下ろしていたが、やがて言った。

「私と一緒に来なさい。ここにいてももう誰も来ないよ」

「……でも、オババが、ここにいれば大丈夫って……」

「では、私が今後は君を守る部屋になろう。私といれば大丈夫だ」

シリンは今出会ったばかりの、見知らぬ男をじっと見つめた。

「お兄さん、誰なの」

「私はディミトリ・メタノフ。ジーマと呼んでくれればいい」

「ジーマ……」

「さあ、来なさい」

差し出された手のひらに、シリンはおそるおそる触れた。ジーマはシリンの手を摑《つか》み、それから軽々と抱き上げた。シリンは軍服に顔を埋《うず》めた。そこからは、火薬と油のにおいがした。

そう、大丈夫。ここにいれば。ここにいる限りは……。

一章　水の街

ジーマがチェイダリの街にやってくる！

その知らせが届いたのは一週間前で、それからシリンはずっとウズウズしていた。

普段、ジーマはチェイダリの街から離れたところに住んでいた。軍人だから、戦争があればそちらに赴《おもむ》き、休暇があるまでやってこないのは当然のことだ。ジーマがチェイダリに来るのは三カ月ぶりで、久しぶりに会えるのが嬉《うれ》しくて、心が浮き立つのを感じる。

その日の仕事を終えると、シリンは神殿の裏口からすぐに飛び出た。

「シリン」

シリンは声のしたほうに顔を向けた。

「ジーマ！」

枯れ葉色の軍服を着た大きな姿が、ガス灯の下にあった。こちらにやってきたばかりなのか、重そうな背嚢《はいのう》に小銃を担《かつ》いでいる。きっちり整えられた赤毛の上に制帽を被っていたが、その下の表情は柔和にシリンを見つめていた。

「ジーマ、ジーマ！　お帰りなさい。今ついたの？」

シリンは思わず駆け寄った。少佐ともなれば、付き人がいる。いつもジーマの影のようにそばにいるヴァシリという名の若者とはすでに顔見知りだった。もっとも、寡黙《かもく》なせいか、ろくに言葉を交わしたこともなかったが。ジーマが目配せをすると、ヴァシリは立ち去っていった。

「シリン、君に会えるかと思って神殿の前を通ったところだよ。元気だったか」

「うん。ねえ、ジーマ、今日は一緒に過ごせるの？」

「大丈夫、チナーには伝えておいたよ」

シリンは嬉しくなってジーマの腕にしがみついた。

今年三十二になるというジーマだったが、その背中は、七年経《た》ったにもかかわらず、相変わらず大きい。

そう、シリンが山間《やまあい》の村でジーマに助け出されて七年になる。後で知ったことだが、シリンが暮らしていた山間の村はジャンスー族といわれる少数民族のもので、帝国に恭順するのを頑《かたく》なに拒んだため滅ぼされたのだという。シリンはそのただ一人の生き残りだった。

どういう心境でそうしたのかはわからないが、ジーマはシリンを助けた。それからいろいろあったけれど、今のシリンは、ゲルミリア帝国の南の外れ、チェイダリの街の神殿で下働きをしている。ジーマは帝国のオルツィヴの街に住んでいて、シリンに会いにだいたい一カ月に一度やってくる。それはシリンが心から楽しみにしている日なのだった。

「ジーマ様。お帰りなさいな。あら、シリンも」

あらかじめジーマが来ることを知らされていたらしいチナーは快《こころよ》く二人を迎えてくれた。

チナーは五十過ぎの女性で、チェイダリでジーマが毎回投宿する家の持ち主だった。チナーはシリンにも優しくて、普段から気にかけてくれていた。時々部屋に差し入れに来てくれたり、神殿の様子をのぞきに来たりしてくれる。石造りの家は寡婦が一人で住むには十分に広く、ジーマやシリンが来ても問題はない。

「さあ、シリン、料理を作ろう」

「うん！」

ジーマは料理を作るのが好きだ。チナーのところに来た時は、台所を使わせてもらっていつもなにか作ってくれる。チナーもわかっていて食材を用意していてくれる。昼間は働いているから疲れているシリンだけれど、ジーマの料理を手伝うのは好きだった。

窮屈《きゅうくつ》そうな軍服を脱ぎ、ゲルミリア風のゆったりした服を着ると、ジーマが軍人だとは思えなくなる。包丁さばきもあざやかに、タマネギや芋《いも》の皮をむいて、ビーツのスープに入れて煮込みはじめる。煮込む間にパイ生地に挽肉《ひきにく》を包んでオーブンにかけ、羊や牛の肉を串に刺して火であぶる。火が通る間に、チナーが用意してくれていたプロフ……レーズンや豆を米と一緒に炊《た》き込んだもの……をお皿に盛る。できあがればあっという間にご馳《ち》走《そう》がテーブルに並んでいるのだ。

「ジーマってどこで料理を覚えるの？　いつもすごい」

「食事は数少ない楽しみの時間だからね、いろいろ考えるんだよ」

「軍隊って大変……」

シリンがお腹《なか》いっぱいになるまで食べるのを、ジーマが見守るのはいつものことだった。

「神殿の食事はそれほど粗末か」

「そんなことは……。ジーマの料理がおいしいから食べすぎちゃうの」

シリンは蜂蜜《はちみつ》入りヨーグルトをすくいながら言った。神殿の食事は、味のないナンに、具のほとんど入っていないトマトのスープばかりだ。神殿の食事はみんなで食べるから、下っ端のシリンには回ってくる量は多くない。だが、ジーマに心配はかけたくなかった。

食事を終えたシリンは、チナーの家のベランダに出て、空を見上げた。そこには、エヴィの樹の葉がちらちらと輝いているのが見えた。

チェイダリの街は、エヴィと呼ばれる樹に守られている。街の中心にそびえるエヴィの樹は幹周二十メートル、高さ五十メートルに及び、広く伸びた枝葉が街全体を傘のように覆《おお》う。半透明の絨毯《じゅうたん》ほどの大きさのある葉は日の光を透かすので日中は十分に明るいし、夜になると淡く発光するので暗くはない。巨大な樹は砂嵐や厳しい日差しから人々を守ってくれる。だが、星や空は見えない。エヴィはチェイダリを守りはするが、外を窺《うかが》うことも難しくしていた。

街の外はどんな世界なのだろう。街の外に行けば、シリンも普通の人のように見えるのだろうか……。

シリンは目ばかりが夕日の色をしていて、髪は白く、肌は褐色《かっしょく》だ。このチェイダリに住む人にはこんな容姿の人はほかにいない。どうしてこんな見た目なのか。もう少し目立たなければいいのに。

ジーマがやってきたのは、シリンが長いすに座ってうとうとしていた頃だった。湯浴みも済ませたのかくつろいだ様子のジーマは優しく言った。

「こんなところで寝ると、風邪をひくよ」

「……ジーマ」

「もう、一人で寝られるようになったんだな」

「寝られなかったのは何年も前の話だもん」

幼い頃、村から連れ出されたばかりのシリンは、夜が怖くて一人で泣いた。村を滅ぼしたあの恐ろしい夜がまた来てしまう気がしたのだ。部屋の隅《すみ》で毛布を被って丸くなっていると、ジーマは必ず来てくれて、小さなシリンを抱き上げて、寝るまで一緒にいてくれた。ジーマの腕の中はとても温かくて安心できたのを覚えている。

ジーマに助けられたシリンは、最初は彼の住んでいるオルツィヴの街に連れていかれた。

ジーマの実家、メタノフ家は、ゲルミリア帝国ではちょっとした名家であるにもかかわらず鷹揚《おうよう》で、次男坊のジーマが連れてきたシリンのことも大目に見てくれた。しかし、幼い頃に取り決められたアンナとの結婚が成立した後、ジーマが新しく居を構えた家では、当然ながら、シリンの存在は邪魔なものでしかない。ジーマの妻アンナは、異民族で赤い目のシリンをひどく嫌った。赤い目は、ゲルミリア帝国では不吉の証《あかし》だという。まもなくシリンはチェイダリの水の神殿に来ることになったのだ。やむを得ない処置だった。ゲルミリアでは厳格な身分制度がある。異民族のシリンは二級市民で、ゲルミリア生え抜きの貴族の出身であるジーマは、一級市民の中でも特別の身分である特級市民だ。二級市民は、体《てい》のいい奴隷《どれい》のようなもので、そもそもジーマとシリンがこんな風に仲良くするのはあり得ないことなのだ。帝都に近ければ近いほど異民族の扱いは過酷だ。辺境のチェイダリはまだましだったし、下働きといえど神殿であれば少なくとも安全だった。

以来、ジーマはシリンに会いに一カ月に一度やってくる。しかし、今回間が空いたのには理由があった。

「ジーマ。アンナ様が亡くなられたそうで……。お悔やみ申し上げます」

シリンの言葉に、ジーマは一瞬目を伏せた。

「……長く患《わずら》っていたからね。アンナもようやく安らげたと思う」

喪《も》に服していたために、ジーマはしばらくチェイダリに来られなかったのだ。

ジーマはため息をついた。

「君を一人でこの街で過ごさせているのは悪いと思っているよ」

「そんなこと……。助けてくれただけでも感謝してるわ」

「助けたわけじゃない。我々があの村を焼いたんだ。君がいるべき場所をね」

ジーマは淡々《たんたん》と語った。聞けば、ジーマはゲルミリア軍でも優秀な将校だという。シリンのいた村以外にも、隊を率いていくつもの街や村を占領したらしい。そう考えれば、ジーマはシリンの仇敵《きゆうてき》といえた。だが、憎しみや恨みといった感情は湧いてこなかった。

「ジーマじゃなくてもほかの人が同じことをしたと思うの。そういう時代だから……」

「シリン」

ジーマはシリンの隣に腰掛けると、肩を寄せてきた。小さい時によくそうしたように、彼の腕の中に包まれると、巣の中にいるような安心感がある。たとえ神殿での生活が楽しいものでなくても、ジーマに時々こうしてもらえるだけで十分だと思えてしまう。

「ジーマ、今回はどれくらいここにいるの？」

「休暇も取ったから、しばらくいるつもりだよ」

「ホント？　じゃあ、今回はたくさん会えるね」

「この先のことも少し考えたいんだ。皇女殿下にもお会いしたい」

ゲルミリア帝国の帝室に繋《つな》がるユーリヤ皇女は神殿につとめる巫女姫《みこ》だ。何年も神殿に勤めているが、シリンは顔を見たことがない。いと高貴なるお方は、下働きに顔を見せるようなことはしないのだ。

「シリン、君はいくつになった?」

「……十八」

「それなら、もう結婚もできる。チナーのように、帝国の人間と結婚すれば、家も構えられる」

チナーは、元は辺境の出身というが、帝国の男性と一緒になったために、チェイダリで居を構えることができたという。併呑《へいどん》した国の人間を帝国に同化させるために、帝国人との結婚は推奨されてはいた。そうすれば、二級市民は配偶者と同じ身分へと格上げされ、待遇も改善される。しかし、帝国人が二級市民との結婚を望むことは滅多になく、ために、両者の融和《ゆうわ》はなかなか進んではいないのが現状だった。

シリンはジーマの言葉に身を起こした。

「わたし、結婚なんてしない。だって結婚したら……」

もうジーマと会えなくなってしまう。後半の言葉をシリンは飲み込んだ。

「このまま神殿にいれば、満足に食事もできず、痣《あざ》だらけだ」

「わたしみたいな不吉な目をしてる人と誰が結婚したいっていうの」

「シリン、君の目は不吉なんかじゃないよ。きれいな目だ」

「……でも」

「ゲルミリア、という名前の由来を知っているか？　赤い土の国、という意味だ。赤は古語で美しいという意味を持つ。赤い目は美しいんだよ。珍しいから誰かが不吉だと言い出したが、そんなことはない。ジャンスー族はみな美しい人たちだった」

「……今はもう、思い出せないよ。前は、戻りたくて泣いたのにね……」

記憶は淡い靄《もや》の向こうにある。覚えているのは山間の濃い緑と、山頂から流れてくる清らかな水だった。オババがいて、それから同い年のエキンとミナがいた。それぐらいしか思い出せるものがない。シリンの中にある幸せの記憶はジーマだけだった。

「シリン、君は幸せになるんだ。大丈夫、大丈夫だ」

ジーマはそう言ってシリンの頭を優しくなでた。彼の肩に身を預けると、一日の労働で疲れた体も楽になる気がした。目を閉じると、満ちてくる安堵《あんど》感に涙がこぼれそうだった。

幸せになれるというならば、ずっとそばにいてほしかった。ここにいられないのなら、連れていってほしかった。自分の幸せは、ジーマのもとにしかないのだから。

「贅沢《ぜいたく》な水の使い方してるなあ……」

城壁の上に腰掛けて、チェイダリの街を見下ろしながら、エニシテは思わずつぶやいた。

癖のある黒髪が、日焼けした顔にほわほわと揺れていた。中肉中背、あえていえばちょっと低めの身長の彼は、ゴーグルをかけていてもわかる人なつこそうな顔立ちをしている。そのせいなのか、実年齢の二十五よりも、二つ三つ若めに見られるのが常だった。

チェイダリは、ゲルミリア帝国の南にある城塞都市だ。火の時代の遺産を利用して用水路から汲《く》み上げた水が、石造りの街中に網の目のように流れている。水は、やがて低地である街の中心地へ、そして水の神殿へと集まり、そこから地下水路へと合流していく。

しかし、チェイダリを何よりも特徴付けているのは、街の中心にそびえるエヴィの樹だった。チェイダリはエヴィの樹に守られている。半透明のエヴィの葉が直射日光を遮《さえぎ》るため、虹染病《こうせんびょう》に罹《かか》る心配もなく、ゴーグルも必要ない。

二十年前まで、この街は砂漠の交易路上の小さな町に過ぎなかった。ゲルミリア帝国が併呑し、大陸を走る大河、イルダリヤ川の大規模な灌漑《かんがい》工事を行い、水路を引き込むことで、これほどの街を作り上げたのだ。イルダリヤ川はチェイダリ周辺の景色も一変させた。街の周囲は、乾燥地帯にありながら、灌漑農地が広がっている。そこは小麦や綿花の一大生産地となり、今ではゲルミリアの基盤を支えている。

「帝国がこうやって水を無駄遣いするせいで、俺らは苦労してるんだぜ」

エニシテはひとりごちた。膝《ひざ》を抱えて座っていると、白い機械化義手の左腕がきしんだ音をたてた。

イルダリヤ川は、ゲルミリア山脈の融雪《ゆうせつ》水を水源とする大河で、北方の辺境諸国連合、ゲルミリア帝国、そしてソグディスタンといった数々の国をまたいでアルテニア大陸を約千キロ縦横に走り、クロライナのイルダリヤ湖に到達する。

しかし、三十年前、ゲルミリア帝国が立てたイルダリヤ川改造計画による大規模な灌漑事業のために、川の流れがゲルミリア帝国の各地に分水され、イルダリヤ湖に注ぎ込む水が激減したのである。結果、下流に位置するソグディスタンでは水不足に悩まされることになってしまった。

そして、もう一つ。ソグディスタンに流れ込む水が減ることで、虹染病という風土病が大陸全土に流行し始めたのだ。これまでイルダリヤ湖の水が封じ込めていた有害物質が空気中に蔓延《まんえん》したことが原因で、目を通して感染するため、人々は外に出る時にゴーグルを身につけなければならなくなった。

この街に流れる用水路の一本分でも、エニシテの故郷に水があれば、どれだけの人を養えるのか。エニシテも腕を失うことはなかったかもしれない。それなのに、帝国は、この辺境の街に無駄なまでに水を溢《あふ》れさせている。

「……けど、それもこれまでだ」

現状を変えなければならない。なんとしても。そのために、エニシテはここに来たのだ。

「水の剣《ラヴィーナ》……」

それは、チェイダリの水の神殿にあるという、火の時代の遺産、ゲルミリア帝国の秘宝だ。雪崩《なだれ》という意味を持つこの剣は、水の女神メルブが作り上げたという。そして、あらゆる生命を凍らせる力を持つといわれている。だが、エニシテはこの剣が故郷に水を取り戻す切り札になるかもしれないことを、知っていた。

これまで、何人もの人間が奪取に挑み、失敗を重ねてきたが、エニシテならばできるはずだった。


「シリン姉様、今日はいいことあったの」

翌日、一緒に水路の砂利《じゃり》を取り除いていたナイエルが聞いてきた。ナイエルはベレン族の女の子で、十四歳になったばかり。同じ神殿の下働きで、シリンによくなついていた。

「わかるかな。あのね、ジーマがお菓子をくれたの。後で一緒に食べよう」

「やったぁ！　メタノフ少佐の作るお菓子はすごくおいしいよね」

ジーマは、昨夜の残りのパイのほかに、干した果物やナッツの入った焼き菓子も袋に詰めて持たせてくれた。それとは別に、シリンにきれいな髪留めをくれた。砂漠に住む魔獣《まじゅう》の殻《から》を削り出して作ったというもので、半透明の乳白色をしている。これなら白い髪のシリンが使っていても目立たない。嬉しくて何度も触ってしまう。

水の神殿は、街中の水が最後に集まる場所だ。莫大な量の水を制御するため、神殿の外には水門がいくつかある。しかし、外からやってくる砂が混じり込むと流れが滞《とどこお》ってしまうので、水門を順番に閉めて時々掃除をする必要があった。今はそれがシリンたちの仕事だった。

「そういえば、姉様、昨夜泥棒が入ったらしいの。神官たちが集まってた」

シリンは驚いた。この神殿に盗みに入る者がいるなんて……。確かに、チェイダリの水の神殿は、このあたりでも規模の大きなところだったし、宝物も納められている。しかし、盗みに入ろうなどという者は聞いたことがなかった。

砂利をかごに集めていると、よく見知った靴が目の前に現れた。鉄の鋲《びょう》の打ち込まれた靴を履《は》く者は、神殿の中でも一人しかいない。シリンははっとした。

「まだ掃除をしているのか」

あっと思った時には、靴がシリンの腕を蹴《け》っていた。

「今日は皇女殿下がおいでになる日だと言っておいただろう。サボり魔め」

蹴られたシリンはバランスを崩して水路に倒れ込んだ。かごも一緒に倒れたので、集めていた砂利もまた水路に落ちた。白い髪から水をしたたらせながら身を起こすと、目の前に仁王《におう》立ちしている男を見上げた。シリンたち神殿の下働きの監督をしている男、ジャナバルだった。

「すみません……」

「口先だけの謝罪は毎回立派だな。掃除もまともにできないとは」

ああ、まただ、とため息が漏れた。ジャナバルは神殿の神官で、三十過ぎのこれといって特徴のない黒髪黒目の男だった。同じ身分の者の間では如才《じょさい》なく振る舞っていて、受けもよいようだが、しかし、目下の者にとっては天敵のような存在だった。帝国が併呑した国の民を嫌い、とくに目立つ容姿のシリンにことあるごとに冷たく当たった。

「その目で見るな、不吉な。メタノフ少佐もやっかいな者を拾ったものだ」

「ジーマは、悪くありません」

「ジ・ー・マ」

ジャナバルは繰り返した。

「親しげだな。ふん、雌豚《めすぶた》め。さっさと仕事を終わらせろ」

ジャナバルは吐き捨てるように言うと立ち去っていった。

ナイエルが、シリンのもとに近寄ってきた。シリンは顔にしたたる水を払った。蹴られた腕がずきずきした。ナイエルはジャナバルの後ろ姿を見ながらため息をついた。

「なんで、こんなにひどいことするのかな。水の神殿なんていうけど、神様はちっとも私たちを助けてくれないじゃない」

「……ナイエル」

「時々、この水門を全開にして、神殿中水浸しにしてやりたいって思うことあるの」

「そんなことしても、後始末するのはわたしたちだよ」

「そうだけど、腹が立つもん」

「わたしは、大丈夫だから……」

大丈夫、だいじょうぶ。シリンはつぶやいた。わたしはまだまし。だってジーマがいるもの。ほかのみんなはそうはいかない。ジャナバルの嫌がらせくらいどうってことない。

「シリン姉様。いつか、外に行こう。帝国から出れば、私たちだって普通に暮らせるはずだよ」

チェイダリの外。……どんな世界だろう。しかし、そこにはジーマはいないのだ。

その日は週に一度の祈禱会《きとう》だった。それには下働きも出なければならない。神殿の巫女長である、ユーリヤ・クルニコワ皇女がお出ましになり、水の神殿の守護神である、水の女神メルブに祈りを捧《ささ》げるのだ。

神殿の大広間には一段高く、簾《すだれ》を垂らした祭壇がある。それを前に神官たちが並び、さらに隅に二十人ほどの下働きが跪座《きざ》して待つ。

まもなく、金糸と銀糸を縫《ぬ》い込んだ白い衣装に、被り布をした巫女長、皇女ユーリヤが簾のある祭壇の前に現れた。帝室から派遣され、いまは神殿の責任者でもあるユーリヤは、しかしその聖性ゆえに、公《おおやけ》の場で顔をさらすことはない。伝声官が祝詞《のりと》をあげて、いつもならそれで解散だったが、今日は違った。皇女は背後に控える神官から、布にくるまれた一降りの剣を受け取った。シリンははっとしたし、周りの下働きも息をのむのがわかった。

「水の剣《ラヴィーナ》……」

水の神殿の秘宝、水の剣。あらゆる生命を凍らせる力があるという呪われた剣。

水の剣については去年の水の大祭の時に忌《い》まわしい出来事があった。

水の大祭に、水の剣を奉納するのは毎年のことだが、デミルという名の若い下働きが、誤って水の剣に触れてしまったのだ。水の剣の力については皆伝え聞いていたが、それまで直接触れた者はいなかった。すると、言い伝え通り、剣に触れたデミルの腕はたちまち凍ってしまったのだ。デミルは、凍傷であやうく腕を切断する羽目になるところだった。

水の剣の恐ろしさは、その一件の後下働きの間でも話題になり、以来扱う際にはみな戦々恐々《せんせんきょうきょう》としていた。

皇女は、水の剣を祭壇に捧げると、大広間から下がっていった。それで祈禱会は終わりだった。神官たちが大広間を出て行き、下働きが立ち上がった時に、突然声をかけられた。

「おい、シリン。今年の水の剣の管理者はおまえだ」

シリンはぎくりとした。ジャナバルがにやにやしながらこちらを見ている。

「ありがたい、名誉なことだろう?」

周りの下働きたちも、嫌な役が回ってこなかったことにあからさまにほっとした様子だった。ナイエルだけが心配そうにこちらを見ている。

「……わかりました」

やむなくシリンはうなずいた。結局誰かがやらなければならないのだ。

シリンは祭壇に向かった。水の剣が祭壇に祀《まつ》られるのはひとときで、それ以外は神殿の地下にある水の棺《ひつぎ》の中に置いておかなければならない。

簾をくぐり、祭壇の前に立つと、そこに水の剣が置かれていた。白い布の上に置かれたその剣は、優美な彫りの入った銀の柄《つか》と、透き通った刃を持っていた。刃渡りは四十センチほど、根元は肉厚だが、先に行くほど薄くなっていく。まるでガラスか氷を削り出したかのように透き通っていて、吸い込まれるような美しさだった。

大丈夫、直接触らなければいいだけなのだ。そう思って布越しに持ち上げるだけでも冷や汗が出た。皇女はこの恐怖を感じなかったのだろうか。シリンが引きつった面持《おもも》ちでおそるおそる剣を持ち上げると、突然ジャナバルが笑い出した。

「こいつは精巧な模造品さ。皇女殿下がお手に触れるものが、危険であるわけないじゃないか。儀式は全部この模造品で行う」

「……そんな、どうして最初にそう言ってくれないんですか」

「言ってたら面白くないだろうが。おまえの慌《あわ》てぶりを見れないだろう。模造品かもしれんが、儀式は正しい手順で行えよ」

ジャナバルはそう言いのこすと、大広間を後にしていった。

どうしてあの人はいつもいつもシリンを目の敵《かたき》にするのか。悔しさに唇を咬《か》む。ジーマのこともあるだろう。だが、実際は理由などないのかもしれない。ただ単に気にくわない見た目の、好きにいじめられる身分の娘だというだけで……。

その日は神殿の仕事を終えると、すぐに自分の部屋に戻ることにした。本当はチナーの家に行ってジーマに会いたかったが、今日蹴られて痣ができてしまったので、治療をしておかないと却《かえ》って心配をかけてしまう。それに、明日はお休みをもらったのでジーマと一緒にいられるはずだ。焦る必要はない。

それにしても、今日は街がなんだか落ち着かない感じだ。巡検士の姿をそこここで見かける。例の神殿の盗難と関係あるのだろうか……。

そんなことを考えていたが、家に戻って、シリンは言葉を失った。部屋が荒らされている。長持《ながもち》がひっくり返されているし、勝手に火を使われた形跡もある。

「ごめん、ちょっと昨日宿を借りちゃった」

突然、若い男の声がして、シリンはぎくりとした。

「誰」

誰何《すいか》の声に答えるように、背後から声がした。

「あ、動かないで。部屋勝手に借りておいてナンだけど、誰にも知られたくないんだよね、俺がここにいること」

「……あなた、何なの」

シリンはおそるおそる言った。すると、背後の人影は、小さく笑ったようだった。気のせいか、呼吸が荒い。

「不法侵入者だよ。本当に悪いんだけどさ、もう一晩ここで休みたいんだ。明日には出て行くから、君は、ここで……」

ふいに、声が途絶えて、どさりという音がした。

シリンは振り向いた。見ると、足下に、見知らぬ若い男が倒れていた。シリンより少し年上の日焼けした男だった。それで、外から来た人間だとわかった。チェイダリではエヴィがあるので、日焼けした人はあまりいないのだ。

「……腕が……」

右足には血が凍りついていた。しかし、それよりも目を引いたのは、彼の左腕だった。まるで陶器人形のように白くつるりとしている。そして、その作り物のような腕は、布にくるまれた棒のようなものを持っていた。布のめくれた端には、見覚えのある透明なものが見えた。まさか。

「水の剣!?」

「……ごめん。君に迷惑を、かける、つもりは……」

男は倒れたままそうつぶやくと、今度こそ失神してしまった。

水の剣について初めて聞いたのはいつのことだったか。

エニシテはうつろな意識の中で考えていた。

故郷のクロライナには、火の時代の話がいくつも伝わっていた。かつてはクロライナに水の剣があり、それが引き寄せる水が大地を潤していたという。だが、度重なる戦《いくさ》の末、水の剣は奪われ、クロライナは乾いていったのだ……と。

もちろんそんな話を真に受けたわけではなかった。クロライナが砂漠化していったのは、ゲルミリア帝国がイルダリヤ川の流れを変え、イルダリヤ湖に水が流れ込まなくなったからだ。けれども、砂漠と化した故郷を出て、辺境を流浪する魔獣師となったあと、帝国で水の剣を見たという老人に出会った。老人は言った。水の剣が水を操る力があるのは本当だと。砂漠を沃野《よくや》に変えることさえできるのだ、と。にわかには信じがたい話だったが、旅の合間に、水の剣について知っているという人間を探しては話を集め、それを分析することで、疑いは確信に変わった。

水の剣は本当にある。そして、水を操る力もあるのだ。ならば、水の剣を使えば、再び故郷は水で満ちるのではないか……。

集めた話によれば、これまで水の剣に近づくことに成功した人間は二人いる。だが、結局持ち出すことはできなかった。水の剣の呪いを受けて身体《からだ》が凍ってしまったからだ。

だが、左手が機械化義手であるエニシテならばどうなのか。前例がない以上、試すしか方法はなかった。

エニシテは神殿に忍び込んだ。水の剣の沈む水の棺まで行った。そして、左手であれば水の剣に触れられること、持ち運ぶことができることもわかった。しかし、うまくいったのはそこまでで、侵入したのが見つかって、逃げるうちに一太刀《たち》浴びせられ、また誤って水の剣に触れたために右足は凍り付いてしまった。それでもなんとか神殿を脱出し、町外れまで来たところで力尽きた。空き家に入り込んで身を休めるしかなかった。凍ってしまった足を戻すには温めるしかない。悪いとは思いつつ、火を使い、お湯を沸かしてなんとか最悪の状況からは脱したが、全身の疲れは免《まぬが》れがたい。

ああ、行かなければ。エニシテは沈み込みそうになる意識を鼓舞しながら右足を動かそうとした。感覚がないはずなのに、温かいものが触れて心地よかった。

「もう少し、温めておいたほうがいいよ？」

優しい声が聞こえて、エニシテは懐かしさに息が詰まりそうになった。

「エミネ……」

思わずつぶやいたが、それは情けなくも小さな声にしかならなかった。

「恋人の名前？　可愛《かわい》い名前ね」

「……違う、妹の……。もう、今はいない……」

そう答えてからはっとして目を開けた。目の前に白い髪を一本の三つ編みにした赤い目の女の子がいた。そう、エニシテが部屋に居続けようとして脅《おど》した、あの。

「……え、君……、なんで」

「なんで、って、なにが?」

「俺は君の部屋に勝手に入り込んだのに……どうして追い出してないんだ……?」

彼女は髪留めをなでながら言った。

「わたしの部屋で死んじゃったらいやだもの」

エニシテはぼんやりした頭で彼女を見上げた。ふと我が身を振り返ってみれば、台所隣の寝室にエニシテは横になっていた。窓の外はまだ薄暗く、エヴィの葉の光が窓から薄く差し込んでいる。右足は、膝から下が温かい蒸しタオルでくるまれていて、その脇にこれまた熱した石を布でくるんだものが置いてあった。この少女に会う前は感覚がなかったはずなのに、右足はほかほかと暖かだった。回復している証なのだろう。

「去年、水の剣に触って大変な目に遭《あ》ってしまった子と同じね。あなたの右足が凍ってた。そういう時はね、温めるしかないの。凍っちゃった部分を溶かすしかないの」

彼女はそう言うと、寝台脇のいすの上に膝を抱えて座り込んだ。

「今朝、神殿が騒がしかった原因ってあなたなのね。何が盗まれたのかと思ったけど、水の剣だったのね？」

偶然とはいえ、神殿の関係者の家に忍び込んでしまったようだ。しかし、だとしたら、この少女はエニシテがしたことを察しているのに、どうして通報しないのだろう。

「どうして俺を助けたんだ？　君の部屋に勝手に忍び込んで、勝手に使ったのに。それに、俺を助けたとしたら、窃盗《せっとう》の幇助《ほうじょ》だ。これはどこの国でも犯罪だよ」

「……そっか、窃盗の幇助なんだ」

少女は膝の上に腕を組んで、少しだけ笑った。

「あなたに、死んでほしくないと思ったの。……外から来たあなたが、神殿をかき回したのかと思ったら、ちょっと応援したくなって」

エニシテはまじまじと帝国の少女を見つめた。白い粗末な衣装の中で、細い体が泳いでいる。帝国の人間は、エニシテたちのような辺境の人間とは違い、みな裕福で満たされた生活を送っているはずではなかったのか。

「君、帝国の人間で、神殿で働いてるんだろ。どうしてそういう発想になるのさ」

「二級市民が帝国の人間だなんて、誰も思ってないよ。体のいい労働源に過ぎない」

確かに少女の姿は、このあたりの人間のものとは全く異なっていた。

「ふうん……。じゃあ、君はあんまりいい立場じゃないわけか」

　彼女はため息をついた。

「そうね。ここは、あんまり愉快なところとはいえない、かな……」

「そうだ、水の剣！」

「ああ、あれ？」

　少女は小首をかしげた。目線の先にはサイドテーブルに置かれた水の剣があった。あの危険な剣が、布の上にむき出しのままで置かれている。

「模造品でしょ。わたしも今日、それでからかわれたの。残念だね。せっかく盗み出したのに偽物なんて」

「いや、模造品じゃない、だって俺はそれで右足が……」

　しかし、シリンは無造作に水の剣を持ち上げて美しい刃先を眺めだした。

　エニシテはあごが落ちるかと思うほど驚いた。偽物のわけがない。命がけで盗み出した水の剣だ。この剣に触れたせいで、右足がひどいことになってしまったのだ。それなのに、この少女は平気な顔をして触れている。それともどこかですり替わってしまったのか？

「君、どうしてそれに触れるんだ⁉」

「だって、偽物でしょ」

「違う、本物だよ！」

するると少女は、水の剣を布にくるんでエニシテに差し出してきた。

「はい。自分で確かめればいいよ」

エニシテは息をのんだ。少し身を起こして機械化義手である左手で水の剣を受け取る。

水の剣に触れた時のことを思い出すと恐ろしかったが、確かめないわけにはいかなかった。

透明な輝きの刃の平を、右の小指でおそるおそるつついてみる。

「いててっ」

刃で切られた時とは異なる、しびれるような痛みが走った。慌てて、温めた石に小指を乗せた。じんわりと温まると、痛みも消えていく。

「……えっ……本物、なの？」

「本物だよ」

少女は戸惑ったように、その透明の刃を見つめた。

「じゃあ、どうしてわたし、そんな恐ろしい剣を、平気で触れるの？」

エニシテは少女の姿を見た。白い髪に赤い目の人々がいるというのは聞いたことがある。

「もしかして、君はジャンスー族なのか」

火の時代の遺産を受け継いだという、古い血族のジャンスー族。彼らならば、扱えるという話を聞いたことがある。だが、彼らが住む地域は帝国の領土にのみ込まれ、すでに滅びたともいう。

もしも、彼女がジャンスー族で、自在に水の剣を操れるというならば。

エニシテは、思わず言っていた。

「ねえ、君、俺と一緒に外に行かない？　こんな狭い街にいるなんてもったいないよ。外はきっと素敵だよ」


水の神殿の巫女長、ユーリヤ・クルニコワは飽《あ》いていた。

白い部屋の白い長いすにもたれながら、ユーリヤは水煙管《みずぎせる》を吸う。こうして水煙管を吸いながら、ただ時間が過ぎていくのを待つ。いずれ終わりが来ることはわかっていたが、それにしても退屈だった。実務はたたき上げの神官たちが嬉々《きき》として行っている。日々のきわめて儀礼的な役目を終えれば、彼女のやるべきことは、たいしてない。

「厄介払《やっかいばら》いにはちょうどいい役職だ」

神殿の巫女長は必ず帝室から派遣されることになっている。北国の小国に過ぎなかったゲルミリアがいみじくも帝国を名乗れるのは、遙《はる》か昔に滅びたヴォルヒニア帝国のヴェレス教を擁護《ようご》する後継者であるからにほかならない。したがって、神殿の責任者ともいえる巫女長や神官長は帝室ゆかりの者がなることが慣例となっていた。

神殿内の様子はおおむね把握《はあく》している。それはこの部屋に設《しつら》えられた火の時代の遺産のおかげだった。その「遺産」は、神殿の様々な場所の様子を壁に映し出してくれる。どうも前任の巫女長が設置したようだ。率直に言って悪趣味きわまりないが、退屈をしのぐには悪くない代物《しろもの》だった。

昨夜の神殿は少々騒がしかった。神殿内部で神官や巫女どもが大騒ぎをしていた。どうやら、水の剣が盗まれたらしい。本当だとすれば、しばらく退屈しのぎはできそうだった。

それに、今日は珍しく、懐かしい客が訪れていた。

「アンナが亡くなったか……。お悔やみ申し上げるよ」

薄布を隔てた先に立つジーマを前に、ユーリヤは声をかけた。

「いえ。妻も長く患っていましたから、ようやく安らげたかと」

ジーマが神殿のユーリヤに会いに来たのは本当に久しぶりだった。

ゲルミリア帝国のオルツィヴで育ったユーリヤは、ジーマの妻アンナとは古くからの友人だった。また、義兄イゴールとジーマも仲がよく、その縁でジーマともつきあいが長い。

アンナは、虹染病という風土病に侵されていた。目から感染するというその病は、十年ほど前から流行するようになり、多くの者が命を奪われている。砂漠から飛散する汚染された砂が原因といわれ、外を出歩く者はゴーグルをかけることが必須だ。チェイダリやその周辺のように緑が多い土地では、砂の飛散が抑えられるためほぼ感染の心配はないが、突発的な砂嵐が発生した場合はその限りではない。

ユーリヤは、アンナの遺品であるというゴーグルをジーマから受け取っていた。何という皮肉だろうか、もうユーリヤはこのチェイダリから出ることもないだろうに。

「長めの休暇をもらいました。私も、今後のことを考えようかと思っています」

「考える、というと」

「私が軍人でいる意味ももうありません。メタノフ家は兄の息子たちが継ぐでしょう。アンナが亡くなった以上は、私一人の食い扶持《ぶち》を得られれば十分です」

「ゲルミリアの悪鬼とも呼ばれるそなたが言うとはな」

実際、ジーマはいくつもの作戦を成功させ、ゲルミリア帝国拡大への一助をなしている。

「元々軍は性に合いません」

ユーリヤは長いすにもたれながらジーマを眺めた。大きな男だった。肩幅も広く胸板も厚ければ、背も高い。精悍《せいかん》な顔立ちではあるが、表情は柔和だ。

「退役してどうする」

「騎獣の飼育をしようかと」

オルツィヴにいた頃、ジーマが好んで騎獣の世話をするのを見たものだ。始終畜舎に入り浸って馬や二足獣の面倒を見る。当時活発に外で転げ回っていたアンナやユーリヤも、ついでとばかりに馬に乗せてもらった。ユーリヤの血の繋がらない兄であるイゴールも含めて、四人で過ごした日々は遠く懐かしい思い出だ。ジーマは名家の次男であるから軍人になったが、本人としては、望んだ生き方ではなかったのかもしれない。とはいえ、戦場に行けば獅子奮迅《ししふんじん》の活躍で何百何千という敵を屠《ほふ》るのだから、本人の意思と能力は別なようだ。

ユーリヤは物憂《ものう》くため息をついた。男であれば、あるいは帝室に生まれなければ、そういう生き方もできる。

七年前の政変で、イゴールが次代の皇帝、儲嗣《ちょし》となり、一方でユーリヤはこの神殿に送られた。それはイゴールの最後の慈悲だったのだろう。辺境の神殿の巫女であれば結婚もせず、子も成さず、本人の意思と関係なく政争に巻き込まれることもない。

それは緩慢《かんまん》なる死ときわめて近い。だが、ユーリヤはそれを甘受した。帝室に繋がるというだけで、何もしなくとも気づけば絡め取られるように奸計《かんけい》に巻き込まれるのは政《まつりごと》の恒《つね》で、それによってイゴールの足かせとはなりたくなかったからだ。

「あれはどうする。そなたから預かったあの娘」

ジーマが率いた軍が滅ぼしたという村の生き残りの娘。ジーマがユーリヤに、この神殿に預けたのだ。本来ならば死すべき運命の娘だが、ジーマの尽力で二級市民としてこの神殿にいる。この部屋の「映写機」で時折見かけるが、ジャナバルにしょっちゅういじめられては下を向いている。だが、ユーリヤが庇《かば》う理由はなかった。神殿で引き取ることは承知したが、それだけだ。

「つまらん娘だが、よく働きはするようだ」

ジーマは顔を上げると、抗議するように強い視線でこちらを見てきた。

「なぜそなたほどの男があんな娘の面倒を見ているのかわからんな」

「シリンはつまらない娘ではありません。生き延びた命は守るべきです」

ふと、ユーリヤは自分が少女だった頃のことを思い出した。ある夏、アンナとジーマとイゴールの四人でオルツィヴの森で過ごした。ヒタキが一羽、森で力尽きていた。渡り鳥であるヒタキは夏を過ごすために遠い南の地からやってくる。力尽きる鳥がいるのはある意味仕方のないことだが、ジーマはヒタキを手に取り、その死を悼《いた》んだ。彼は、目の前にある小さな命一つに心を砕く青年だった。軍に属し、多くの人の死を目《ま》の当たりにするのはいかばかりだったろうか。

「そなたの、贖罪《しょくざい》の象徴か」

ジーマは答えなかったが、ユーリヤの視線から目をそらした。それが彼の心を雄弁に語っていた。

「……先を、考えてはいます」

まあ、いい。ユーリヤにとっては、異民族の娘などどうでもいいことだった。

ユーリヤはアンナのゴーグルを見た。使い古されたものだった。虹染病に罹る前のアンナは、乗馬が好きな活発な女性だった。外で過ごすことが多かったがゆえに、流行はじめの虹染病に罹った。罹ってからではゴーグルの意味もない。

四人で過ごしたあの夏の日、このような未来が互いに待っているとは誰も思いはしなかった……。

「アンナの最期《さいご》は」

ユーリヤの問いに、ジーマの表情が一瞬だけ歪《ゆが》み、それから静かに答えた。

「眠ったまま、安らかに……」

外に出る。

寝ているエニシテを部屋に置いたまま、シリンは水の剣を戻しに神殿へ向かっていた。

エニシテが水の剣を盗んだことがばれてしまえば厳罰が待っている。しかしシリンがこっそり戻してしまえば、なかったことにできるだろう。

あの青年……エニシテを助けたのは、放っておけなかったからだ。一番いいのは巡検士に引き渡してしまうことだ。それで面倒なことはすべておしまい。でも、そうしたくなかった。この強大な帝国の中で、神殿の宝を盗むような大胆な人間がいることを……率直に言えば、嬉しく感じたのだ。

それにしても水の剣を盗むなんて。

シリンは少しだけ身震いした。どうして自分は恐ろしい水の剣に触れてなんともないのだろう。あるいは、本当に彼が言うように滅びた一族だからなのか。

シリンが水の剣に触れるところを見た彼は言った。一緒に外に行かないか、と。

『無理だよ、そんなの。だって……』

確かにチェイダリは楽しいところではなかった。でも、ジーマにどう言えばいいのか。

シリンがそう言うと、エニシテは目を丸くした。

『え、君のこと置いてけぼりにしてる奴に義理があるの？』

『置いてけぼりじゃないもん！』

『だって、こんな粗末なところに一人で住まわせて、たまに会いに来るだけなんだろ。そんなろくでなしどうでもいいじゃん。帝国を出ればいい。そうすれば帝国の身分制度なんて関係なくなるよ』

『ジーマはろくでなしじゃないし、わたしはあなたと外に行ったりしない！』

売り言葉に買い言葉ではないが、シリンはそう言い切ってしまった。しかし、エニシテが再び眠りに落ち、こちらも冷静になってくると、彼の言葉が胸に刺さってきた。

置いてけぼり。第三者から見れば、そうなのだろうか。この生活がずっと続くとしたら、どうなるのだろう。神殿で下働きを続けて、ジャナバルの嫌がらせを受けながら、ただ年を重ねていく。そう考えると、暗い穴の底に落ち込んでいくような、寒々とした気持ちになる。

外。城壁の外に出る。

胸がどきどきした。このチェイダリを出ることを考えると。城壁の外にはどんな世界があるのだろう。

でも。そうなったら、ジーマとは、もう会えないだろう……。ジーマは帝国の軍人で、国を出ることなど考えられないからだ。

それでも自分は外に出たいのだろうか……。

坂を下りきって神殿にたどり着く。シリンはこっそりと神殿の中に忍び込んだ。

目が覚めたエニシテは、すっかり右足が元の調子に戻っていることに気づいた。エニシテが足を上げると、熱した石を布でくるんだものが、ごろごろと転がり落ちた。

「……シリン？」

名前を呼んでみたけれど、部屋の中に声が響くばかりだ。朝が来たのだから、仕事に行ったのだろうか。そこではっとした。

「水の剣！」

慌てて身を起こして周囲を探したが、水の剣は見つからない。

置き手紙がぴらりと宙を舞ったのは、さんざん周囲をひっくり返した後だった。

『水の剣は神殿に戻しておきます。よくなったら街を出て行ってください。あなたが水の剣を盗んだことは誰にも言いません』

「これだけ苦労したのに、何も持たずに帰るのはあり得ないだろ」

エニシテはひとりごちた。

彼女は、こんなところにいるべきじゃない。この国を出れば身分もへったくれもない。

それに、どういう理屈で彼女が水の剣を扱えるのかはわからないが、あの危険きわまりない代物を扱える人間が、今のエニシテには必要だった。

彼女はもう神殿に向かったのだろうか。

水の剣を取り戻す。あわよくば、彼女も一緒に連れ出すのだ。

シリンが神殿の内部に入り込むと、入り口近くの控えの間に、思いがけない人物がいた。

ジーマの付き人のヴァシリだった。ヴァシリがいるということは、ジーマがいるということだ。

「ヴァシリ？　ジーマが来ているの？」

寡黙な青年はシリンをちらりと見るとうなずいた。

「聞いてないのか」

「何を？　わたし、昨日はジーマに会えなかったの」

「あんたを引き取りに来たんだ」

それを聞いて、シリンは息が止まるかと思った。

そうだ、アンナが亡くなったのだから、ジーマのもとに行くのに支障はなくなったのだ。

「あんたの婚姻《こんいん》を進めるそうだよ」

しかし、面白くもなさそうに言うヴァシリの言葉に、今度は背筋が凍りつく気がした。

「婚姻……って、結婚？　わたしが？　誰と？」

「俺が知るわけないだろう」

　ヴァシリはそれだけ言うとまた黙り込んでしまった。

　確かにおとといの夜、ジーマは結婚について言及していた。けれども、まさか本当に話を進めるなんて！　だいたい、自分と結婚するような人間に心当たりなどない。

　シリンは駆けだしていた。確認したかった。水の剣を戻すよりも先にジーマに会わなければならなかった。そういえば、ユーリヤ皇女に会うと言っていた。ユーリヤ皇女は至聖《しせい》所《じょ》近くの部屋にいるはずだ。

　至聖所は、水の女神メルブを祀る神殿の本体とでもいうべきところだ。基本的に下働きが立ち入っていいところではない。シリンは周囲を窺いながらもこっそりと歩いた。至聖所に続く廊下の両脇には溝があって、水がさらさらと流れている。水の神殿の名の通り、大理石の建物は至るところが水で満ちている。

「おい、貴様、ここは下働きが来ていい場所ではないぞ」

　ふいに声をかけられて、シリンは顔を引きつらせて立ち止まった。ジャナバルの声だ。

「ここは神殿だ。外で……」

　しかし、彼の言葉はそこで途切れた。シリンが抱え込んでいるものを見たのか目を丸くした。くるんだ布の端から、水の剣の柄が見えていた。

「貴様、一体何を持っている。模造品でもここに持ち込んでいいものではないぞ！」

ジャナバルは近づいてシリンの持っている水の剣を手に取ろうとしてきた。しかし、シリンは身を引いて抵抗した。

「だめっ！」

いつもおどおどしているシリンに抵抗されたからか、ジャナバルはムキになったように手を伸ばしてきた。そして剣に触れて……

「うわっ！」

ジャナバルは声を上げて手を引っ込めた。シリンは剣を引き寄せた。

「貴様……、どういうことだ。それは本物か⁉」

ジャナバルはシリンをにらみつけた。

「盗んだ人間を知っているのか」

ジャナバルの言葉に、シリンはぎくりとした。図星だと思われたのか、ジャナバルの語気がさらに荒くなる。

「まさか、水の剣を盗み出す手引きをしたのか⁉」

「……そんな、違います！」

「ではどうして本物の水の剣を持っているんだ!? 話せ!」

ジャナバルはシリンに摑《つか》みかかろうとしてきた。とっさに、シリンは水の剣で払おうとした。布に巻かれていた水の剣の刃がひらめいた。ジャナバルの手に透明な刃が吸い込まれるように触れた時、薄い光の膜《まく》のようなものが剣から広がるのが見えた。そうして、ジャナバルの左手がみるみるうちに凍り付いていく。

「貴様、きさ……あああああっ!」

シリンはジャナバルの悲鳴と共にはじき飛ばされて床に尻餅《しりもち》をついていた。あれはなんだったのか、と思うと同時に、廊下に流れていた水が凍り始めていた。水の剣が、流れる水に触れていたのだ。

それは恐ろしくも美しい変化だった。剣が触れた先から、見る間に水が固まる。流れてくる水が次々と凍っていくので、まるで小山のように氷の塊《かたまり》が積み上がっていく。

シリンは慌てて剣を水から離した。それで流れが凍り付くのは止まったが、氷は溶けずにそのまま塊になっていた。呆然《ぼうぜん》とそれを眺めていると、ジャナバルの怒声がシリンを打ち、はっとした。

ふと見ると、ジーマが廊下に繋がる部屋から出てきていた。やはり神殿に来ていたのだ。ジーマは氷の塊を見て、それからシリンの姿を認めた。彼の顔に浮かんだ驚きは、しかしすぐに峻厳《しゅんげん》なものにかわり、シリンを射貫いた。

「……シリン……!?」

そのまなざしに耐えきれず、シリンは立ち上がって駆けだしていた。

「シリン！」

ジーマの声が追いかけてきたが、シリンはそのまま逃げるように走り続けた。


シリンは頭の中がぐちゃぐちゃだった。

なに。なんなのこの剣は。どうして氷を作り出せるの。どうしてわたしだけが触っていてもなんともないの。ジャナバルはあんなに苦しんでいたのに。

しかし、なにより恐ろしかったのはジーマのまなざしだった。いつも自分を優しく見てくれていたジーマではなかった。なにか異形のものでも見るかのような、憂虞《ゆうぐ》の混じったまなざしだった。いたたまれなくて、結婚について聞くどころではなかった。ただ、あの視線から逃れたくて走り出していた。

そう、この剣があるから。この剣のせいで。早く水の剣を、地下の水の棺に戻すのだ、一刻も早く……！

まろぶように走りながら、シリンは神殿の地下へと下った。神殿の地下には普段は誰も来ることのない水の棺の間と呼ばれる部屋がある。そこは白い岩肌を掘りぬいた広い空間で、神殿中の水が最後に集まり、地下水路へと流れていくところだ。水の棺はそこにある。御影石《みかげ》を掘り抜いてできたものだ。

水が張られた床に滑りそうになりながらも駆け込むと、シリンはそこに水の剣を投げ込もうとした。

「シリン」

誰もいないはずなのに、声をかけられて、シリンは振り返った。そこにエニシテがいた。

「エニシテ……どうしてここに」

「ここは地下水路につながってるから、入り込めるんだよ。最初盗んだ時もここから入ったんだ。みんな知らないけどね」

「……なんで？　街を離れてって言ったのに！」

「ここまで来て水の剣をあきらめられるわけないだろ」

平然と言うその姿に、シリンはふつふつと怒りが湧いてきた。

「あなたのせいで……」

エニシテが水の剣を持ち出さなければ、シリンが水の剣を触ることもなかった。水の剣の力をふるうこともなかった。ジーマに、あんな姿を見られることもなかった。

いや。そもそも、水の剣などというものがなければよかったのだ。

「いらない、こんなもの。持って行けばいい！」

シリンは水の剣を床にたたきつけた。水の剣は白い床の上でくるくるとまわり、やがてエニシテの足下で止まった。エニシテが、白い機械化義手でその剣を持ち上げた。

立ち尽くしているシリンを見て、エニシテが言った。

「シリン、ここは君にとってあんまりいいところじゃないんだろ」

「……わたし」

「うん、俺の想像だから間違ってたら悪いけど、君、辛《つら》そうだよ。そこまでしてここにいなきゃいけない理由があるの？　昨日も言ったけど、俺と一緒に来ない？」

シリンはエニシテを見た。彼の顔はごく真剣だった。

ジーマが、と言いかけて、シリンは言葉を飲み込んだ。ジーマはシリンをどこかの誰かと結婚させる気なのだ。どちらにしろ、ジーマとはもう一緒にはいられない。

「君、外に出たことほとんどないんだろ。確かにこの街は、砂嵐からも魔獣からも守られてるかもしれないけど、ほんの少しのものしか見られないよ」

外の世界。帝国の外。そこならば、シリンの居場所はあるのだろうか。

「ねえシリン」

「……ありがとう、エニシテ」

シリンが言うと、エニシテはぱっと顔を明るくした。

「でも、やっぱり行けない。もし行くんだとしても、ちゃんとジーマに話してからじゃないと。だって、ここまでわたしのことを世話してくれたのはジーマだもの」

「……シリン」

エニシテが肩を落とした時、階上から下りてくる足音がした。水の棺の間の入り口に、ジーマが来ていた。

「シリン、その男から離れるんだ」

「……ジーマ」

エニシテがジーマの姿を見て、息をのむのがわかった。

「……ディミトリ・メタノフ少佐」

「ほう、私のことを知っているのか」

「帝国の外で、あんたを知らない人はいないと思うぜ。ゲルミリアの悪鬼」

皮肉のこもったエニシテの言葉に、しかしジーマは眉一つ動かさなかった。

「コソ泥に名前を知られていても嬉しくはないな。水の剣を元に戻せ。そうすれば罪が軽くなるよう口添えをしなくもない」

「帝国の法が厳しいのは有名だよ。いまさら口添えしてもらったって、命乞《いのちご》いにもならないだろ」

エニシテの言葉を、ジーマは否定しなかった。

「……ジーマ。エニシテを助けてあげて。悪い人じゃないわ」

「盗みをする人間に良いも悪いもないだろう。ましてや帝国の宝を盗もうとしたんだ」

「そうだけど、でも……」

「その男と何があったかは後で聞く。とにかく離れなさい」

シリンは、しかし動けなかった。

昨日突然会ったばかりの青年だ。物言いだってずいぶん失礼だ。だが、彼を助けたかった。

どうして？　どうしてエニシテを助けたいのだろう……

シリンは一瞬考え、それから理解した。

彼は、シリンのことを心配してくれたのだ。これまで、この街にいて、シリンのことを気にかけてくれた人がほかにいただろうか。辛いだろうと、言ってくれた人が。

「そいつは共犯だ！　グルになって水の剣を盗もうとしたんだ！」

突然声が割り込んできた。ジャナバルだった。凄《すさ》まじい形相でシリンをにらみつけながら彼は水の棺の間へ入り込んできた。

「そうでなければ水の剣を使って神殿を凍らせるものか！　貴様は水の剣が使えることに気づいて、復讐《ふくしゅう》しようとしたんだ、帝国に恨みがあるんだ、そうだろうが！」

その言葉を聞いたジーマが、シリンを見た。その目に疑念が浮かぶのを、シリンは見逃さなかった。

「……シリン……」

「違う、わたしは、そんな……！」

シリンは首を振った。ジーマが口を開くその前に、ジャナバルが動いていた。ジャナバルの右手が懐《ふところ》を探る。握られた短剣がこちらに向けて投げつけられるのを、シリンは見た。

左肩に衝撃を感じたのはその直後で、それは鋭い痛みにすぐに変化した。

「シリン！」

よろけたシリンを支えたのはすぐ近くにいたエニシテだった。

肩に刺さった短剣は服の布地に阻《はば》まれて、たいして深くは刺さらず、地面に落ちた。けれども、自分に向けられた明確な殺意は、実際の傷以上にシリンを抉《えぐ》っていた。

水の剣は目の前にあった。エニシテの左手、機械化義手が握っている。シリンは、無意識のうちに水の剣を奪い取っていた。エニシテが息をのむ。

「シリン!?」

痛む左肩を無視して、美しい彫りの柄を握る。水の剣はシリンに力を与えた。透明な刃先を地面に突き立てると、濡れた床はシリンの望む方向へとたちまち凍り付いていく。ジャナバルとジーマのいる方向へと。意識せずとも剣に連なる水はシリンの思うままに操ることができた。そしてこの空間には溢れんばかりの水がある。

気がつくと、目の前に巨大な氷の壁ができあがっていた。それはジーマやジャナバルのいる空間と、シリンたちのいる空間を強固に隔てていた。

シリンは水の剣を床に放り投げると、ふらふらとその場に座り込んだ。床の水が冷たくシリンの下半身を濡らした。

「……連れていって」

もう何も見たくなかった。両手で顔を埋めながらシリンは声を絞り出した。

「わたしをここから。どこでもいい。ここじゃないどこかへ、わたしを……」

ささやきはそこから嗚咽《おえつ》になり、慟哭《どうこく》へと変化した。

彼女をこの街に縛り付けていたものが、ぷつりぷつりと切れていくのを感じる。

シリンがここにいなければいけない理由は、もうどこにもなかった。

「……わかった」

エニシテが一度しゃがみ込んで水の剣を拾い上げた気配がした。

氷の壁の向こうから、こちらに何か声をかけているのがわかったが、もうどうでもよかった。

エニシテは、シリンを軽々と抱き上げていた。彼は立ち上がると、薄暗い地下水路へと足を踏み入れた。

左肩がずきずきと痛かった。彼の胸の中に顔を埋《うず》めていると、心地よい振動が訪れて、シリンはいつしか意識が朦朧《もうろう》としてくるのを感じた。

どれくらい経ったのだろうか。ふと、気づくと、周囲は明るく、強く熱い風が彼女の髪をなぶっていた。城壁の外へ出たのだとそれでわかった。

「シリン、目をつぶっていて。まだ君のゴーグルがない。ゴーグルなしに目を開けていたら、虹染病に罹ってしまうから」

「うん」

エニシテがシリンを日に焼けた熱い地面に座らせた。すぐそばで、獣《けもの》の気配がした。獣の鼻息と、地面を蹴る音がする。

「シリン、行くな！」

ふいに、ジーマの声が頭上から聞こえた。

「シリン！　行くんじゃない！　その男は、君を利用しようとして……」

シリンを追いかけて、城壁の向こうから叫んでいるジーマの姿が思い浮かんだ。

「エニシテ、お願い、早く、ここを離れて」

シリンは目を閉じたままエニシテに向けて声を上げた。すぐさまエニシテがシリンをすくい上げ、獣の背へと乗せてくれた。エニシテもまた、シリンのすぐ後ろに騎乗する。

「行くよ」

エニシテが声をかけると同時に、獣は力強いその足で地面を蹴り始めた。

次第に遠くなるジーマの声を聞きながら、シリンは己の持っていたものすべてが切り離されていくのを感じていた。

二章　砂の道

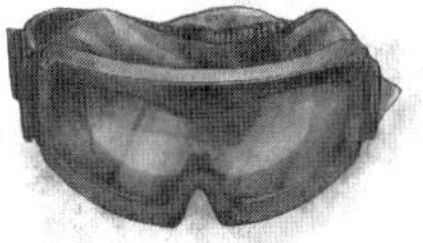

「……逃げた」

報告を受けたユーリヤは思わず聞き返した。目の前には憤然《ふんぜん》と立つジーマがいる。

「水の剣《ラヴィーナ》を持ってか」

「はい」

一瞬のめまいを感じて、ユーリヤは手にした扇《おうぎ》で顔を覆《おお》った。

神殿の水の間である。部屋の壁から常に水が流れ落ちているため、水音に隠れて声が外に漏れない。したがって、人に聞かれたくない会話をする時に使われるのだ。大きな部屋ではないが、重宝されている部屋だった。

なんということだろう。あの娘がこの街から逃げたのか。

ユーリヤは扇を緩やかに前後させながら思案した。

先ほど部屋を出た時に見た光景は目に焼き付いている。廊下に流れる水が、次々と凍っていく。その先には、水の剣を持った白い娘がいた。彼女はすぐに走り去ったが、氷は今も溶けないままだ。さもありなん、水の剣が作り上げる氷はメルブの水晶とも呼ばれる。室温に放置して自然に融《と》ける氷ではない。

その後、追いかけたジャナバルとジーマが、娘の逃亡を告げに来た。聞けば、ジャナバルの不用意な対応のせいで、娘は水の剣を盗みに来た男と逃亡してしまったという。ジーマは滅多に感情的になる男ではないが、ジャナバルへの怒りが収まらなかったのか、殴りつけた跡があった。水の剣に触れたジャナバルは、凍りかけた左手と、ジーマに殴られた傷の手当をしているはずだ。

水の剣は神殿の宝、ひいては帝国の宝だ。水の剣が盗まれたことが明らかになれば、ユーリヤにとって責任問題だ。

「……もし盗まれたと知れたら、兄上はどうされるかな」

思わずつぶやく。彼女の義兄であり、次期皇帝の地位にある儲嗣《ちょし》のイゴールがこれを知れば、あるいはユーリヤを帝都に呼び出し、詳細を聞くだろうか。

……それもいいかもしれない。イゴールに会えるのならば。

そこまで考えて、ユーリヤは首を振った。

いや。そんなことがあってはならない。イゴールの足を引っ張るようなことがあっては。

逃げ出した娘とは、直接面と向かって会うことも、話したこともなかった。ジャナバルごときにいじめられていつも小さくなっていた娘。だが、この街を出た。

おそらく生涯この神殿を出ることがないであろう自分と違い、あのつまらない娘はこの街を出られるのだ。ユーリヤの中に湧き出たのはめまいを伴うような強烈な羨望《せんぼう》だった。

「追え」

ユーリヤは言い放った。

「その娘が水の剣と共に街を出たことを帝都に知られてはならぬ。知られれば、我らの運命に終わりが見えることとなるだろう。ジーマ、そなた、休暇と言っていたな？　であれば我が手足となってその娘を追え。神殿内の者は自由に使っていい。この事態はいわばそなたの身内が起こしたことだ」

ユーリヤはそう言うと、身を翻《ひるがえ》した。


砂嵐が大地を覆う。

エニシテとチェイダリを出たのが三日前、帝国領の綿花畑を抜けて、国境付近にさしかかろうというところで砂嵐が訪れた。砂嵐は追っ手を引き離す手助けとなり、まもなく二人は隣国ソグディスタンの領地に入った。街道をそれて夜間に進むこと半日、ようやくエニシテはとある集落の宿屋に入ったのだった。

……とはいえ、シリンがそれを知ったのはしばらく経《た》ってからだった。虹染《こうせん》病の感染を避けるために目を開けることができなかったし、なれない二足獣《じゅう》での移動はシリンを消耗させた。そのせいで宿でしばらく寝込む羽目に陥《おちい》り、気がついたら二日が経っていたのだった。

ソグディスタンの北部は年に二回ほど訪れる降雨の時期を除けば、ほぼ晴天が続く地だという。しかしあいにくの砂嵐は暗く空を覆って、昼だというのにまるで夜のようだ。あらゆる扉を閉めて侵入を防いでいるにもかかわらず、砂はどこからともなく部屋に入り込んできて、寝台に横になっていてもどことなくざらつきを感じさせた。

「シリン、起きてる？」

ランタンを持ったエニシテが入ってきたので、ほんわりと部屋が明るくなった。

「起きてる。寝込んじゃってごめんね」

「傷は大丈夫？」

「うん、もう平気。そんなに大きな傷じゃないし。それにしても砂嵐ってこんなに長く続くのね。チェイダリにいた時には、エヴィの樹があったから、わからなかった」

「でも俺たちにはラッキーだったよ。奴らも撒《ま》けたし、こむぎも休めたしね」

「……こむぎ？」

「ああ、俺の二足獣の名前。今回はずいぶん長い距離を走ってくれたし、頑張ってくれたよ」

癖のある黒髪が額《ひたい》の上で揺れている。シリンより二つ三つ年上だろうかと思っていたが、実際は七つも年上の二十五だという。シリンが彼について知っているのはそれだけだった。

何も知らない人についてきてしまった。なんて無謀《むぼう》なことをしてしまったのだろう。それでも、彼に抱かれて砂漠を進む間、不思議な安心感があった。彼にならば任せても大丈夫だという、根拠のない安心感が。だが、それが妙な罪悪感も生み出すのだ。

ジーマはどう思っただろう……。

シリンが思いに沈んでいると、エニシテがおもむろに口を開いた。

「シリンは、ジャンスー族なんだろ」

「……そうみたい。でも、詳しいことはわからないの」

シリンがジャンスー族の生き残りだというのはジーマから聞いている。だが、彼女にはその記憶はなかった。ジーマに拾われたあの日より前のことは何一つ覚えていない。

「昔から言われてるんだ。ジャンスー族は火の時代の遺産を扱うことができるって」

シリンは寝台の横のテーブルに置かれた水の剣を見た。不注意で触らないように布でぐるぐる巻きにされているが、エニシテは近づこうともしない。

「だから、わたしは水の剣を扱えるの？」

「たぶんね」

「エニシテだって触れるんでしょう？」

「一応。でも、率直に言えばそいつを持つのは怖い。生身の部分が触れると痛いんだぜ」

シリンだけはなんの痛みもなく扱うことができる水の剣。だが、常人には触れることもできないという。

「エニシテは、どうして水の剣を盗もうとしたの？」

シリンの問いに、エニシテは居住まいを正した。

「まだ、話してなかったっけ」

「だって……命がけでしょう。帝国の宝を盗むんだもの。よっぽどの何かがあるの？」

エニシテはぐるぐる巻きにされている水の剣にちらりと眼を向けてから、言った。

「あの剣で、故郷に水を取り戻したいんだ」

「水を……」

「シリンは知らないだろうけど、チェイダリの水は、イルダリヤ川の流れの一部を取り込んでいる。二十年前はチェイダリは砂漠の小さな交易路上の町だった。帝国が大胆な治水工事を行い、イルダリヤ川の水が来てあの街は変わったんだ」

「それは、聞いたことがあるわ」

「おかげでチェイダリ周辺は小麦と綿花の一大生産地になった。けど、その分、下流に流れ込む水が減った。俺の住んでいた国は、軒並《のきな》みひからびることになってしまったんだ」

シリンには想像もつかなかった。チェイダリに流れ込む水の量が膨大なのはわかる。けれども、下流の国がどうなったかなど、考えたこともなかった。

「水の剣があると、どうして水が戻ってくるの？」

「水の剣は、火の時代の遺産の中でも特別な力がある。詳細はまだ言えないけど、水の剣が水を操る力を持っているのは本当なんだ」

肝心のところがあやふやで、とても信じる気にはなれない。雲を摑むような話だ。けれども、エニシテはそのおとぎ話のようなことを信じて、命さえかけて盗んだのだ。

「これから、どこに行くの？」

シリンが尋《たず》ねると、エニシテは逆に聞き返してきた。

「シリンは、俺について来てくれるの？」

「……迷惑じゃない？」

勢いで飛び出たものの、帝国はもちろんのこと、ソグディスタンのこともよくは知らない。いままでは神殿の下働きしかしていなかったから、できることも多くない。

「迷惑なわけないよ。俺が誘ったんだ。でも、ここまで連れてきてこんなこと言うのもおかしいかもしれないけど、本当にいいの？　俺は、帝国の宝、水の剣を盗んだんだ。砂嵐で今のところは追っ手を撒いてるけど、帝国では犯罪者だ。君も追われることになる」

シリンは首を振った。

あの時、シリン、行くな、と叫ぶジーマの声が聞こえた。

でも、もうチェイダリにはいられなかった。ジャナバルの怒りを買ったのは間違いがないし、ジーマに、帝国の見知らぬ誰かと結婚しろと言われても受け入れたくなかった。

何より、ジーマ、ジーマのあのまなざし。水の剣を扱ってしまったシリンを、異形のものでも見るような目で見てきた。そして、彼は、あのジャナバルの言うことを信じたのだ。シリンが水の剣を盗む片棒を担《かつ》いだのだと。結果として、水の剣ともども街を出ることになってしまったのだから、その通りになってしまったのだが……。

「……あそこにはいられない。帝国には戻りたくないの。……迷惑？」

「そんなことないさ！　俺にとっては水の剣を持っていてくれるだけでも助かるよ！」

エニシテはそう言うとシリンの手を取った。

「それに、君はもっと外の世界を見たほうがいい。本当に、外には素晴らしいものがたくさんあるんだ」

砂嵐は翌日の朝にはやんだ。何日かぶりの太陽がシリンの寝ている部屋の中を照らし出した時には、エニシテはもう宿屋にはいなかった。

宿屋の女将《おかみ》が部屋に入ってきて、エニシテから預かったという服を渡してくれた。

「エニシテに頼まれたよ。そんな服じゃ砂漠を渡れないだろうって」

確かに、着てきた服は長く神殿で使っていたので、ぼろぼろになっていた。

着替えてみるとそれは白い布地に赤い刺繍《ししゅう》の施されたたっぷりとした服だった。長い袖《そで》はしかし風通しが良さそうでいて、日の光はしっかり遮《さえぎ》ってくれる。

「もう亡くなった姑《しゅうとめ》の花嫁衣装を縫《ぬ》い直したんだよ。いい生地だから砂漠も平気だ」

「そんな貴重なものをいいんですか？」

「誰も使わないからいいんだよ。お礼はもらったしね。おや、あんた」

宿の女将は、シリンの髪に留めてある白い髪飾りに気づいたようだった。

「これはエニシテにもらったのかい」

「いえ、これは、故郷の……その、大切な人に……」

「へえ、なるほど。まあ、エニシテも大変だねえ」

宿の女将はそう言って肩をすくめた。エニシテとは旧知の仲らしい。

「今回は何をやらかしたのやら。帝国の奴らが来ても教えるな、だなんて。まぁ、私は言わないけどね……」

前の日にもらったゴーグルをつける。虹染病予防のために、外に出る時は必要なのだという。水の剣には、革でできた鞘《さや》をつけていた。サイズを測ったエニシテが、砂嵐で籠《こ》もっている間に作ったのだという。鞘にはひもが通してあって、肩から斜めがけにして提《さ》げることができた。持ち歩くにはなかなか便利である。

宿の外に出ると、太陽はぎらぎらと大地を焼いていた。砂嵐のせいで気づかなかったが、村は本当に小さな集落で、いくつかの民家と少し大きな建物があるだけだ。砂色の大地には駱駝草《らくだそう》がぽつぽつと茂り、地下水路からひかれた用水路周囲には紅柳《あかやなぎ》が植えられ、涼しげな影を作っていた。さすがにこの水の量では農業は難しいのか、人々の日々の糧《かて》は牧畜の放牧がメインであるらしい。また、周囲が砂漠に囲まれているため、生活物資を手に入れる移動手段としてか、二台の貨物自動車も停まっているのが見えた。チェイダリでも時々車は見かけた。しかし、技術の塊《かたまり》である自動車の多くは軍に送られ、民間で使用されることはあまりなかった。

宿の裏に行くと石造りの畜舎があり、一匹の二足獣が砂の上で丸くなっていた。ここに来るまで休むことなくシリンとエニシテを乗せてくれた獣《けもの》だった。とはいえ、移動中はずっと目をつむっていたので、どんな獣かはわからなかった。

それは大きな獣だった。ダチョウによく似た背格好で、体長二メートルはありそうだ。しかし、頭はずっと大きいし首も太く、全身はトカゲのような頑丈そうな黒い鱗《うろこ》で覆われている。身体《からだ》の大きさに比して、前足はお飾りのように小さく、逆に後ろ足は力強く太く、かぎ爪のついた足先は、砂だらけの地面も、岩や石ころの続く道も容易に走れそうだ。こんな獣は見たことがなかった。

「こむぎ」

エニシテが昨日言っていた名前で声をかけると、二足獣はぱちっと眼を開いた。金と緑の混じったような目がくりっとこちらを見る。

「……可愛《かわい》い」

チェイダリで見かける荷駄はロバぐらいだったし、外の畑も、獣を使うよりは、火の時代のエンジンを使った耕作機を使っていたようで、二級市民がよくかり出されていた。

「君がわたしをここまで連れてきてくれたんだね。ありがと」

しゃがみ込んで話しかけてみると、こむぎは丸くなったまま金色の目でこちらをじっと見つめてきて、のどの奥でぐるぐると声を上げた。

「こむぎに気に入ってもらえたんだね」

ふと背後から声をかけられて、シリンは振り返った。ゴーグルをかけたエニシテが大きな荷物を背負って立っていた。砂色の服にはたくさんのポケットがついていて、いろいろな道具が入っているのか、どれも膨らんでいる。

「エニシテ、この服、ありがとう」

「よく似合ってるよ。よかった」

「この子で、砂漠を渡るの？」

「うん。荷物はあまり積めないけど、らくだよりずっと足が速いし、一週間ぐらいなら水を飲まなくても平気なんだ」

「一週間も？」

「二足獣は、魔獣が飼い慣らされたものだから、普通の動物とはちょっと違うんだ」

「向こうで自動車を見かけたわ。ああいうのは使わないの？」

「車は、燃料を手に入れるのが大変なんだ。永久燃料ともいえる縮退炉《しゅくたいろ》は滅多に手に入らないし。それに、砂漠の道は砂だらけのところもあれば、岩だらけのところもあるから、ああいった車輪のついた自動車だと進めない道が多すぎる。砂漠を行くなら、二足獣が一番だよ」

　エニシテは、シリンが寝ている間にも出立の準備を進めていたらしい。二足獣用の鞍《くら》もこむぎのすぐそばにあったし、食料の詰めてある袋もあった。物騒なのは大きな二本の銃らしきもので、補充用の弾や、大ぶりのナイフのようなものもある。

「こんなものも、必要なのね」

「俺たちが行くのは、街道を離れたところだからね」

ソグディスタンはゲルミリア帝国が力を伸ばす前に大陸の大部分を支配していた勢力だ。草原にのびる交易路と周辺の街の安全を保証することで一帯の支配を確かなものにしてきたため、街道筋を行けばある程度の治安は確保される。

しかしながら、エニシテの向かう先は、交易路とは離れた場所だという。危険ではあるが、砂漠を抜けるルートをとるという。

「……どこに行くの。水が涸《か》れたっていう、あなたの故郷？」

「違う。あてがあるんだ。水の剣があれば、故郷に水を戻せるかもしれないっていわれているところがある」

「そんなところが……」

「そこまで水の剣を持って一緒に来てくれたら、それだけで俺は助かる。その後だったら、君の行きたいところにどこでも連れて行くよ」

「……どこでも……」

シリンは柵の向こうに目をやった。

砂漠が広がっていた。岩と礫《つぶて》が地面に転がる漠たる空間だ。

エヴィに包まれた水の溢《あふ》れる街、チェイダリとはあまりに違う眺めだった。

流されるままに、なんて遠くに来ちゃったんだろう……。

ジーマ。ずっとわたしの面倒を見てくれたのに。最後はあなたを裏切るように街を去ることになった。

でも、これでよかったのだ。いずれにせよ、ジーマとはもう一緒にはいられなかったし、帝国にはシリンの居場所はもうないのだ。

「ジーマ……ごめんね……」

思わず言葉が漏れたが、それは砂漠の空に吸い込まれるように消えていった。


その日の夕方の少し前に二人は村を出た。昼間の砂漠は暑すぎるために夕暮れ時と、午前中にかけて進むのが定石だが、そうもゆっくり構えていられなくなったのだ。

「エニシテ、アンタ、何かやったのかい」

宿屋の女将が部屋に飛び込んできたのだ。

「旅人のふりはしてたけど、帝国人らしいのが、アンタたちらしき若い男女を探してるって、聞きに来たよ」

水の剣を探して、追っ手が来ているのだ。シリンは思わずエニシテを見たが、彼は肩をすくめただけだった。

「まぁ、追っかけに来るよな。帝国のお宝を盗んだわけだから」

「……エニシテ、大丈夫なの？」

「やりようはあるさ。奴らが俺の行く場所を知ってるわけじゃない」

「なんだっていい、早くお逃げ。いま主人に時間を稼いでもらってるから」

女将は、目立たない道を選んで二人を宿の外の畜舎へと導いた。

こむぎの背には、鞍が備え付けられていた。以前と違うのは、村の人からもらったという鞍を後ろにもう一つくくりつけて、二人用に改造してあったことだ。

前のほうにシリンを乗せると、食料や武器といった荷物を背負ったエニシテが、鞍の後ろに乗り込んだ。

「鞍の前にグリップがあるからそこを握っててね。落ちるといけないし」

頭のすぐ上からエニシテは言った。

「しんどくなったらもたれていいよ。しばらく移動が続くし、なれないと辛《つら》いかも」

「こむぎ、二人も乗せて重くないかな」

「二足獣は丈夫なんだ。一応、三百キロくらいは乗せられる。だから、シリンが二百キロ超えてなければ大丈夫」

「そんなにないよ！」

「じゃあ平気だね。そのかわり、休憩の時はかわいがってやって」

エニシテが拍車をこむぎにくれると、二足獣はその力強い足で走り出した。

二足獣の足が地面を蹴《け》るたびに、震動がリズムのように体に突き上げてきて、夕暮れ前のまだ暑い風が顔を通り過ぎた。

「日が……」

西を向くと、低くなった太陽が大地に向かって傾いているのが見えた。見渡す限り地面を覆う岩と砂の荒野と、薄赤く染まった空が広がっていく。

こんな風に空を見上げる日が来るなんて……

シリンは不思議な気持ちで流れていく景色を眺めた。大地には音もなく、ただ地面を蹴るこむぎの足音と、それにあわせるようなエニシテの左腕のたてる駆動音がかすかに聞こえた。金属のこすれるその音は、なぜかささやきかける人の声のようにも聞こえた。

わたし、自由なんだ……。

ふいにそれが身に迫ってきて、シリンは胸が詰まりそうになった。

「エニシテ、わたし、どこに行ってもいいんだね」

思わずそう言うと、シリンをくるむような形で手綱《たづな》を握っていたエニシテの腕に、きゅっと力が入るのがわかった。

「当然だよ。人間は行きたければどこに行ったっていいんだ」

シリンは、笑い出したいような気持ちになりながら、赤く染まっていく空を眺め続けた。

エニシテはおこした火に木をくべながら、そばで寝息をたてているシリンを眺めていた。

昼間はあれほど暑いのに、夜になると熱という熱が走り去って、冷気があたりを包み込むのが砂漠だ。日が沈んで三時間ほどしたところで今日の移動は終わりになった。シリンは二足獣に乗るのになれていないし、休むのに適した井戸もあったからだ。砂漠といっても岩と枯れた灌木《かんぼく》が生える一帯で、火をおこす燃料には事欠かなかった。

やっかいな子を拾っちゃったなあ……。

というのが、今のエニシテの本音だった。

エニシテにしてみればそれほど長距離の移動ではなかったが、シリンにとってはそうではなかったのだろう、灰で焼いたパンと干し棗《なつめ》を食べたらあっという間に寝てしまった。砂の上で安らかな寝息をたてているところをみると、年相応の女の子以外の何者でもない。

エニシテはなんともいえない気分だった。

一緒にこむぎに騎乗しながら、シリンは次第に気がついたあれこれについて質問し始め、エニシテはそれにわかる範囲で答えた。

そのたびにシリンは嬉《うれ》しそうにうなずくのだ。エニシテって物知りだね、と。物知りでも何でもなく、ただの常識なのであるが。

しかし、嬉しそうな顔をされるたびに、なんとなく良心がちくちくと刺激されるのだ。なんとなれば、エニシテがシリンを連れて来ているのは、純粋な好意だけではなく、水の剣を運んでもらいたいという下心もあるからであって。

それにしたって腹が立つのはディミトリ・メタノフだった。

シリンの呼ぶ「ジーマ」とやらがろくでなしなのは、以前聞いた話からわかっていたが、まさか、ゲルミリアの悪鬼とも呼ばれる、メタノフ少佐だったとは。

メタノフ少佐の名は、ゲルミリア帝国と国境を接する地域に住んでいるものならば、ほとんどの者が知っている。少佐という位ではあるが、皇帝の直接指示の下に動く私兵の長というのが実態だ。多く任せられたのは、併呑《へいどん》された国におけるまつろわぬ民を根こそぎ除去することで、滅ぼされた村は数知れず、いまだに悪鬼との呼び名がささやかれている。であれば、シリンの故郷がメタノフ少佐に滅ぼされたというのも本当なのだろう。

実際に目にしたメタノフ少佐は、しかし行ってきた悪行に反して、ずいぶん優しげな容姿だった。なるほど、シリンのようなもの知らずな女の子ならば、ころりと騙《だま》されそうな雰囲気だった。

だがまあ、見た目はどうでもいい。この際、汚い仕事をこなしてきたということも、軍人であることを考えれば仕方ないとしよう。しかし、引き取ったシリンを街にほったらかしにして、下働きさせていたというのはどういうことだ。そのせいなのか、彼女は全く世間というものを知らずにいる。もう少しやりようがあったのではないか。拾った子犬は最後まで面倒を見るのが飼い主の義務というものである。しかも、劣悪な環境だというのにシリンはそんなダメ男に感謝しているというのだ、意味不明である。

そこまで考えて、エニシテはため息をついた。

その純粋さは、メタノフ少佐だけでなく、エニシテにも向けられている。ある種の下心を持って一緒にいるというのに、疑うことなくこちらに感謝を振りまいてくる。それで罪悪感が湧いてきて、優しく接してしまって、また罪悪感……という悪循環なのか好循環なのかよくわからない状況に陥っている。

だからやっかいなんだよ……。そんなに簡単に人を信じるものじゃない。

エニシテはシリンが抱えている水の剣を見た。

エニシテが水の剣を盗みに行くと言った時、帝国出身の彼の友人は強硬に反対した。帝国に手を出すのはあまりに危険だ、と。

自分は、分のない賭けに出ようとしている。

水の剣を使って砂漠に水を取り戻す。砂漠化を憂《うれ》う人は多いが、水を取り戻すことが可能だと信じるものは、エニシテぐらいのものだろう。だが、彼はどうしてもやらなければならなかった。

「……エミネ……」

もしも、砂漠化が進まなければ、虹染病も広がらず、妹もまた、彼の隣で今も笑っていたのだろうか。彼の左腕もまた、失われずにすんだのだろうか。

隣ですうすう寝息をたてているシリンを見ていると、どういうわけか妹を思い出してしまう。声が似ているからかもしれない。これも、エニシテが複雑な気持ちになる原因でもあった。

確かに、自分はシリンを利用しているのかもしれない。でも、彼女の不幸を望んでいるわけではない。

例の場所に水の剣を持って行くことが叶ったならば、彼女の行きたいところに連れていってあげよう。

そう、人間はどこへだって行けるはずなのだから。

それからしばらくは砂漠を行く日々が続いた。

シリンにはただの礫と砂の原野にしか見えなかったが、エニシテには道が見えるらしい。

砂漠を進みながらも方位磁針を見て適度に方向を確認し、必ず井戸にあたるルートを進んでいく。ただし、いつ帝国の者が追いかけてくるかわからないので、気を張っているのはわかったし、基本的に人の住む集落は避けているようだった。

二足獣のこむぎは頼りになるパートナーで、エニシテの意図をくんで自在に道を進んだ。砂だらけの道も、岩の転がる道も、その頑丈な足はものともしない。もしも人が徒歩で進もうものなら、足をとられてそれだけで体力を消耗してしまいそうな悪路も難なく進むことができた。

気を張っているエニシテに反して、シリンはわくわくした。こむぎが一歩一歩進むたびに、違う場所に進めるのが嬉しくて仕方なかった。確かに砂漠は暑かったけれど、景色は存外起伏に富んでいた。むかしジーマに寝物語で聞いた砂漠の景色は、一面を細かい砂が覆っているということだったが、実際はそうではなかった。砂ばかりのところもあるが、わずかながらの緑を見せる灌木と岩のころがる荒野や、切り立った崖下《がけした》を進むこともあった。

知り合ったばかりだというのに、エニシテといると不思議と落ち着いて過ごせた。彼は親切だった。砂漠を初めて行くシリンは足手まといだろうに、その様子を見せない。シリンを気遣ってか、彼は所々で休みながら進んだ。砂漠といえど、くぼみもあれば、盛り上がったところもあるので、少し休める程度の日影は結構見つかるのだ。

エニシテは灰で焼くパンをよく作ってくれた。これと、紅茶に棗の実があれば、それで十分な食事になる。旺盛《おうせい》な食欲を見せるシリンを、エニシテは面白そうに見た。

「いつもおいしそうに食べるよね」

「嬉しいわ。だって、誰にも気兼ねなく、温かい食事を大空の下で食べられるんだもの」

シリンはパンを割いて口に入れた。

「神殿で食事を食べる時は、いつも隅《すみ》っこの部屋で時間を気にしながら食べたの。それにいつも冷たくて。こうやって気兼ねなくしゃべれるのも嬉しい」

偽《いつわ》りのない実感だった。毎日、何気なく過ごしていたあたりまえのことが、砂漠で過ごし、エニシテと共にいるととてつもなく豊かなものに感じられた。

「……俺の分も、もっと食う？」

「いいよ、大丈夫。ありがとう」

「じゃあさ、あとでトゥーナの実を取りに行こう。向こうに生えてるのを見たんだ」

トゥーナとは何だろうと思ってついていくと、それはサボテンだった。サボテンにぷちぷちとついているとげだらけの赤い実を、エニシテは白い機械化義手でもいだ。丁寧にとげを抜いて二つに割ったものを口に入れると、水分たっぷりで果肉はほんのりと甘かった。

「おいしい！」

「ちょうど食べ頃で、ラッキーだったんだよ。ほら、もっと食べなよ」

「そんなにたくさんは食べられないよ」

「シリンはさ、もっと食べたほうがいいよ。食べるっていうのは生きることと同義だから」

シリンが食べきれなかった分はこむぎにあげた。こむぎはとげごとトゥーナの実を食べてもいっこうに気にしない。こむぎはトゥーナの実を気に入っているのか、エニシテが食べてる途中でも横取りしてきた。エニシテがこむぎに怒るその様子がおかしくて、シリンはくすくすと笑った。


エニシテは、帝国の追っ手を避けるためか、街道を外れているからか、奇妙な光景の見えるルートを行った。細長い長方体の、灰色をした建造物のようなものが林立する地域や、まるで骸骨《がいこつ》のような、さびた鉄の軀体《くたい》がそこここに立っている場所も通った。いずれも見上げるほどに大きく、風が抜けるたびにひょうひょうという音をたてた。また、透明なガラス質の地面が続くところもあった。表面は所々風に運ばれた砂で薄く覆われているが、少し払うと透き通った面が見えた。それはあたかも凍り付いた湖のようで、のぞき込むと吸い込まれそうに深い青い色をしている。目をこらすと、底のほうに不思議な影が見えるような気もしたが、よくはわからなかった。どうしてこんな不思議な土地があるのかは詳しくはわかっていない。その表面はとてつもなく硬く、割ることも、柱を立てることも、耕すこともできないから、美しい見た目に反して何の役にも立たない不毛の地といえた。

　エニシテの言うところによると、これらは火の時代の残骸なのだという。こういったもの以外にも残骸の残る場所は所々にある。ソグディスタンも、帝国も、支破《しは》の大戦で汚染され、人の立ち入れない地域も多く、人の住める場所は限られているらしい。

「砂漠は厳しい環境だけど、人が立ち入ることができるからね、まだましなんだ」

　ある晩、岩場の影で暖をとりながら、いまいち地理が頭に入っていないシリンに、エニシテは地図を見せてくれた。

「これが、アルテニアと呼ばれる、俺たちの住んでる世界だ」

「アルテニア……」

　地図の北にゲルミリア山脈が広がり、東から三宝《さんぽう》山脈とバスキル高原の枝脈が指を広げたようにのびている。南にはソグドステップが長々と横たわり、西はサウル海と呼ばれる巨大な湖が広がっている。その中央には、シリンたちが今いる砂漠がある。

「これだけ砂漠があると、移動も大変ね……」

「まあね。おかげで俺たちはうまく逃げていられる。ソグディスタン領内ではゲルミリア軍も大きな顔はできないからね。ゲルミリア帝国では、鉄道を引く計画も出てるらしいけど、まだ最終決定はされてないね」

「鉄道……。想像もつかないわ」

「ともあれ、大まかに、三つの国があると考えてくれればいい。北のゲルミリア帝国。南のソグディスタン。南西のサウル。ゲルミリアのほうに辺境諸国連合なんてのもあるけど」

エニシテは、ゲルミリアの南端、ソグディスタンとの境目のあたりを指さした。

「このあたりがチェイダリだね。俺の目的地は、北のクルカレってところだ」

「ここも帝国領との境ね。でも、北に行くのに、どうして東に迂回《うかい》して進んでるの？」

「クルカレは帝国領に近接しているからね。ソグディスタン領内を通る形だと、どうしても遠回りになる。それに、暗黙の森っていう、危険地帯があるんだ」

「暗黙の森……」

「うん。本当は、森の向こうのカエサレアっていう町に寄りたいんだけど、行けそうにないな」

「そこに家があるの？」

「知り合いがいるんだ。信用できる奴なんだけど、今回のことは反対してたんだ。だから、一度会って、顛末《てんまつ》を話しておきたいな、と思ったんだけど」

物珍しくシリンは地図を眺めた。

「今日通った、あの鉄の柱が立ってるところは？」

「あれは、ずっと昔に火の時代の人たちが住んでたところの跡らしいよ。役に立つ部分は、とうの昔に誰かが持って行ってしまったから、本当に残骸だね。逆に、まだ使える部分が残っているところは、発掘が行われてる。ソグディスタンも、辺境諸国連合も、遺跡に関しては厳重に取り扱ってるし、とくに帝国は、火の時代の遺跡をのどから手が出るほど欲しがってる」

火の時代の遺跡から発掘されるものは、あまりに高度な技術が使われているため、機序がよくわかっていない。しかし、技術転用できるものは重宝されていて、ブラックボックスのまま、様々な道具に使われているという。

シリンはエニシテの白い左腕を見た。

「エニシテの、腕も……」

「うん。これも火の時代の遺産だよ。超小型の縮退炉をエネルギーにしているんだってさ。俺も詳しいことは知らないけど」

シリンはそっと腕に触れてみた。つるりとした手触りで、ひんやりとした感触が伝わってくる。

「便利だろ。だいたい同じ温度に保たれてるんだ。慣れるとこの腕も悪くないよ。最初は練習が必要だったけど、今では右手と変わらず使えるし、力も強いし、疲れない」

「……いたくないの？」

ふと、思いついたことを聞いてみると、エニシテは少し考えてから答えた。

「機械化義手本体にはそういう感覚はないんだよ。だから水の剣にも触れるんだ。生身の部分が水の剣に触れるとものすごく痛いんだけどね」

そういうものだろうか、とシリンは白い腕を眺めた。

「とにかく、俺みたいな魔獣師には、機械化義手は便利なもんだよ」

「魔獣……。こむぎは別だけど、まだ見たことない。本当に、そんなものいるの？」

すると、エニシテは少し目を細めた。

「……チェイダリは、特別だからな。エヴィの樹が守ってくれている。魔獣はいるよ、この世界には」

そもそも、魔獣は、火の時代に使役動物として改造された生物だという。残されている伝承によると、魔獣は人の作業を助けるために使われていたという。こむぎのように人を乗せもしたし、弱った人間を補助するのにも使われた。

けれども、最も使われたのは軍事用だという。それは品種改良などという生やさしいものではなく、生命の設計図を書き換えるような抜本《ばっぽん》的な改良で、進化の樹形図から外れた、突然発生的な生き物たちだった。あるものは大きく、あるものは目に見えないほど小さく、空と地を覆い、命令に従ってただ殺戮《さつりく》のみを繰り返した。それは支破の大戦で、大いなる役割を果たしたという。人の、生存域を脅《おびや》かすという意味で。

戦いが終わった後、主を失った武器なる生き物たちは、野に放たれた。あるものは目的を失ってそのまま滅び、あるものは生き延びてその地に根付いた。そして、生き延びたものは、魔獣と称されて現在に至っているのだ。

「エニシテみたいな魔獣師っていうのは、どういうことをするの？」

「魔獣を狩る人間のことだよ。村や町に魔獣が来たらそれを追い出すこともするし、積極的に魔獣の森に狩りにも行く。魔獣の甲皮《こうひ》からはいろんな道具や宝飾品を作れるし、内臓も特殊な薬品の原料になるから高く売れるんだ」

どうということもなくエニシテは言うが、元は兵器であった生物を狩るのであれば危険を伴うのは間違いないだろう。そう言われてみれば、エニシテが持っているカービン銃や散弾銃といった武器を扱う様子はごく自然だ。ジーマもそうだった。手にする道具は丁寧に手入れをして、いつでも使えるようにしていた。

「それで、これまでは旅をしてきたのね」

「まあね。その途中で水の剣について情報を集めてきたんだ。そして、チェイダリに侵入する方法がわかった」

「……これからも、旅を続けるの？　どこかに腰を落ち着けたりはしないの？」

シリンの言葉に、エニシテは一瞬虚《きょ》を衝《つ》かれたように口をつぐんだが、やがて答えた。

「そうだね。今は、まだ」

エニシテは自分のことはあまり話さなかった。どうして故郷に水を取り戻したいのか。その左腕はどうしたのか。どうして……。

シリンがそんなことを思っていると、ふとエニシテがたき火に砂をかけた。

「……どうしたの」

「しっ。こむぎが落ち着かないでいる。誰か来るかもしれない」

「……帝国の……」

「可能性はある。行こう」

エニシテは素早く荷物をまとめると、こむぎの背に載せるようにシリンに指示する。そして、たき火やごみに砂をかけて、できるだけそこにいた痕跡を消した。

数分後には、二人はこむぎの背に乗って走り出していた。

「……いつまで追いかけてくるのかな」

「街道を避けてるし、痕跡は残さないようにしてるから、本当だったらあきらめてる頃だけど、追跡がしぶとい。指揮を執ってる奴が優秀だな。メタノフ少佐か。でもソグディスタン領内だから、大きな動きはできないよ」

ジーマが追いかけているのだろうか。シリンはにわかに心がざわついた。

エニシテは手にしていた武器をシリンに見せた。

「そうだ、大事なことを言っておくよ。これから先、なにがあるかわからないから、武器の使い方を覚えておいて」

シリンはどきりとした。

「でも、これって、銃でしょう?」

「うん。俺はもちろん君のことは守るつもりだけど、街道から外れた道だから、魔獣が出る可能性もある。それに、いまはうまく撒いてるけど、帝国の奴らに見つかったら面倒だ。そうなった時に、身を守れるように」

そう言って渡されたものは散弾銃で、夜気でひんやりとしていた。

とはいえ、追跡の手が連日続くというわけでもない。エニシテの言うように、ソグディスタン領内で派手な動きができないというのもあるだろう。日を追うにつれて、シリンは砂漠になじんでいった。確かに昼間は体中の水分が飛んでいくかのように暑く、過ごしやすくはない。しかし、遮るものなく広がる荒野は、自由そのものの象徴に思えた。

何より、井戸にたどり着き、汲《く》み上げて飲む水のおいしさは言葉にできないほどで、どんな甘露《かんろ》よりも幸せを感じさせてくれた。

安全だと確認できた真昼に井戸についた時は、エニシテと水の掛け合いをすることもあった。最初は暑さをしのぐために、軽く水を掛けあっていただけなのに、次第に楽しくなって井戸の桶《おけ》ごと水を被ったりもした。透明な水のしずくが太陽の日差しにきらめき、宙を舞う、その美しさは何度見ても飽《あ》きなかった。太陽の熱に火照《ほて》った体が、水に冷やされていくのはえもいわれぬ気持ちよさで、二人ともずぶ濡れになるまで水を被る贅沢《ぜいたく》を味わった。

思う存分遊んだ後の、二人で日陰《ひかげ》で過ごす昼寝の時間は最高に心地よかった。濡れたまま横になっても、服は瞬《また》く間に乾いていく。チェイダリにいた時が嘘《うそ》のように解放された気分だった。

「ねえ、エニシテ。砂漠って、結構いいところなのね」

「まあね、魔獣がいなくて、帝国の追っ手の心配がなくて、水とちょっとの食べ物さえあれば、こんな気楽なところはないよ」

目をつむったままあくびをして、眠そうにエニシテはつぶやいた。水を被って、エニシテの髪の毛はくるくると額に張り付いている。この癖毛を全部伸ばしたら結構髪の毛は長いのではないかと考えていると、視線に気づいたのか、エニシテはぱっと目を開けた。

「なに？」

寝ていると思っていたのに、ゴーグル越しにこちらを見られてシリンはどっきりした。

「うん……なんでも、ない」

するとエニシテはくすっと笑った。

「君はさ、そういう風に楽しそうにしてたほうがいいよ。チェイダリにいた時はいっつも下向いてたから」

「上を見ても、あまり楽しくなかったの。神官たちは偉そうだったし、神殿で一緒に働いている人たちも、余裕がなかったからきりきりしてたし。たくさん人がいたのに、さみしいところだった……」

シリンはつぶやいた。ふと、エニシテが手を伸ばしてきて、シリンの手を握ってきた。それは、生身のほうの手で、外で働いてきた人間の、硬くてがさがさした手だった。

「ここは？　砂漠は、さみしい？」

見上げれば、雲のかけらもない青い空がどこまでも広がっている。あたりには、水を飲んでいるこむぎと隣にいるエニシテ以外に、生き物の気配はなかった。

上を向くようになったからではないだろうが、砂漠ではいくつものことに気づいた。

「……さみしくないわ」

シリンは知らなかった。砂漠では、朝には切るように冷たい風が、太陽の熱でぬくもり、やがて昼には焼けるような熱風に変わっていくのを。遠くから吹き寄せる砂混じりの風の中で、スナネズミがこっそり姿を現すことや、岩陰の隅にトカゲが丸くなっていることを。あらゆる生を拒絶するかのように厳しい環境の中で、それでも確かに繋《つな》がっている命がある。シリンとエニシテもまた、そうした命の中の一つだった。

ジーマからユーリヤのもとに届いた知らせはそれほど景気のよいものではなかった。例のコソ泥とジャンスー族の娘はうまく逃げ続けている。街道や集落を避けて砂漠を進んでいるため追跡が容易ではないらしい。ただ、井戸に沿って一定の方向に進んでいることは突き止めたため、先回りするつもりだという。

ユーリヤは手紙を読み終えると立ち上がった。部屋の隅に控えていた付き人が慌てたように被り布を用意した。職務以外にユーリヤが部屋を出ることは滅多になかったからだ。

ユーリヤが廊下を歩くのを見た神官や下働きは、一斉に片膝《かたひざ》をつき、頭《こうべ》を垂れる。巫女《みこ》長に就任する者は女神メルブの聖性をまとうといわれ、目を合わせることも許されていない。薄布越しに彼らを見下ろすと、その行為の愚《おろ》かしさが目についた。普段の彼らの行動は、「遺産」ですべて知っている。うわべだけ取り繕《つくろ》うことにどんな意味があるというのか……。

「ジャナバル。具合はどうだ」

目指す部屋についたユーリヤは開口一番そう言った。神官参事であるジャナバルは、普段ユーリヤに代わって業務を執り行っていたため、接することも多かった。

「おお……皇女殿下。わざわざお越しいただき……ありがたいお言葉です……」

水の剣に左手を切りつけられたジャナバルは重傷で、神殿の一室で寝込んでいた。凍り付いたという左腕は……素人《しろうと》のユーリヤが見てももう絶望的な状態なのがわかった。

「あのような二級市民に……。もっと厳しく管理しておくべきでした……」

ジャナバルはひどい顔色で呻《うめ》いた。ユーリヤはその口調に、ふと言葉を滑らせた。

「……そなたは殊更《ことさら》にあの娘にこだわっているな。なにか因縁でもあるのか」

「二級市民は災《わざわ》いしかもたらしません」

ジャナバルの言葉は、ユーリヤに向けてというよりは、己に言い聞かせているようでもあった。

「もう十年以上も前、神殿に入る前ですが、二級市民の小娘が、店から出た私の持っていたパンを盗んだことがありましてね」

ジャナバルは憎々しげにつぶやいた。

「私もまだ若く、同情心ってものがあったんですよ。街外れの貧しい一角に奴らは住んでいたし、腹が減ってるのかと思って、見逃してやったんです。すると、味をしめたのか、次の時も、その小娘が店の前に隠れていて、俺から食料を盗もうとした。さすがに腹が立って巡検士につきだしたら、その小娘はなんと言ったと思いますか」

ユーリヤは、黙って先を促《うなが》した。

「帝国にしっぽを振る負け犬め、と言ったんですよ。奴らこそ負け犬じゃないか。帝国はチェイダリを豊かな沃野《よくや》に変え、秩序をもたらしてくれたというのに……」

ジャナバルは一人言い続けた。

「私は思い知りましたよ。二級市民は厳しく管理すべきだとね。同情心をもって接しても、奴らは恩など感じない。混乱を招くだけだ」

ぶつぶつとつぶやき続けるジャナバルの姿に、ユーリヤはうすら寒いものを感じた。

「そなた……今は十分に休め。職務はほかの者にも任せよう」

ジャナバルのいる部屋を出て、至聖所《しせいじょ》のある中庭に出た。中庭には、半透明のガラスで作られた女神メルブの像が祀《まつ》られている。エヴィの葉から漏れる光が、優しく像を照らし、ほの明るく輝いているようだ。

水の神殿が祀る女神メルブは、かつては沼に住む小さな水の精だったという。人間の男に恋をしたが、願い叶わず身を引いて水に沈んだ。それを哀れに思った主神ヴェレスがメルブを神の座に上げたという。以来、メルブは水と豊穣をもたらす女神として広く信仰されている。また、真の祈りが届けば、この世に顕現《けんげん》するともいわれている。

「……そんな都合のいいことがあるものか」

ユーリヤはつぶやいた。水の巫女長でありながら、ユーリヤは神なる者を信じたことはない。もしもそんなものがあるならば、なぜこの世はこれほど不完全で乱れているのか。

中庭といえど、外に出るのは久しぶりだった。見上げると、空を覆うエヴィの葉がちらちらと揺れているのが見える。この街では、外に出ても空を見ることさえかなわない。

だが、あの娘は、灼熱《しゃくねつ》の太陽の下を歩いているはずなのだ。

「明日は久しぶりに屋根のあるところに泊まれるよ。この先にオアシスの町があるんだ。信頼できる知り合いがいるから、そこなら安心して休める」

火を挟んで反対側にエニシテは寝ていた。見上げれば吸い込まれそうな闇《やみ》の夜空に、細かな光の粒を散らしたような星が見える。上弦の月はとうに沈んで、数え切れない星だけが砂漠を照らしていた。

「……屋根のあるところで寝られるのは嬉しいけど、こうやって星を見ながら寝るのも、好き。世界が広いって感じられるもの。昼間もゴーグルなしならいいのに」

「ゴーグルなしだと虹染病になっちゃうからなあ」

たき火の向こうにいるエニシテは寝転がって組んだ足をぶらぶらさせている。

「虹染病って……どんな病気なの」

各所で発生しているという病。だが、エヴィに守られたチェイダリでは、ゴーグルをしなくても発生することはなかった。

「死に至る病だよ」

エニシテはぽつりと言った。

「最近になって流行し始めたんでしょう?」

「……うん。原因はわかってるんだ。イルダリヤ湖って知ってる?」

「ごめん、わたし、地理は全然わからなくて……」

「まぁ、仕方ないよね。俺の故郷、クロライナにある湖なんだ。イルダリヤ川が最後に流れ込む先で、湖、というより、海ってものに近いんだそうだ」

「うみ……？」

「俺も見たことはないよ。塩水が一面を覆っているそうなんだ。陸地よりも広く」

「陸地よりも水のほうが多いってこと？　不思議……。しかも塩水なんて……」

エニシテは続けた。

「イルダリヤ川の水が少なくなって、イルダリヤ湖に流れ込む水が減りだしたのは俺が生まれる前らしい。昔は、漁師が湖で船団を組んで、いろんな魚が獲れたんだ」

シリンは黙ってエニシテの言葉に耳を傾けた。

「でも、湖は干上がってしまった。湖がひからびて、いろんなことが起きたけど、一番の問題は、湖底に沈んでいた有害物質が空気中に舞い上がるようになったことだ」

「その、有害物質が、虹染病の原因……？」

「ご名答。イルダリヤ湖の水は、火の時代に排出されたっていう特殊な有害物質やウイルスを湖底に封じ込めていたんだ。でも、水がなくなることでそれが露《あらわ》になった。最初は謎の風土病が発生したってことになってたけど、虹染病が帝国やソグディスタンで流行するようになると、原因究明にみんな躍起《やっき》になって、事実が明らかになったってわけだ」

「川の水が流れ込まなくなったせいなの？　じゃあ、水が戻れば病気は発生しないの？」

「そういうことになるよね」

「だって、虹染病って、帝国でもたくさん発生してるはず。ジーマの奥さんだって亡くなったんだもの。それなら、川の水を戻すようにすればいいのに」

「緑の多いところでは虹染病はあまり発生しないんだ。チェイダリでは砂嵐さえ来なければ、ゴーグルをする必要もない。川の流れは変えない。帝国は、多少の犠牲は出たとしても、水で国土を潤すことを選択したんだ」

「でも……でも、病気で困る人がいるのに。それも、他人の国だけじゃなくて、自分の国でもあるのに、そんなことって」

「それがゲルミリア帝国っていう国が、勢力を伸ばしている理由なんだろう。強さを突き詰めるために、たとえ身内でも犠牲にするのを厭《いと》わない」

エニシテは一度そこで言葉を切った。が、思いもかけず強い口調で続けた。

「けど、俺はそんなことは間違ってると思ってる。虹染病のことだけじゃない。これまでイルダリヤ川の水に頼ってた国はどうなるんだ？　自分だけが良ければいいなんて考えや、強い者だけが生き残れる世界が正しいとは俺は思えない」

チェイダリで、シリンはまさに弱者であり、虐《しいた》げられる者だった。それは、決して、幸せとはいえない毎日だった。それでは、シリンよりも強い立場だったジャナバルや、顔も見たこともない皇女はどうなのだろう。彼らは幸せなのだろうか。そして、ジーマは……。

「ジーマは、そんな風に考えてなかったよ」

　思わずつぶやくと、なぜかエニシテはむっとしたような声を上げた。

「ゲルミリアの悪鬼が？　あいつこそ帝国をそのまま人間にしたような奴じゃないか」

「そんなことない。ジーマは誰にでもすごく優しいの。オルツィヴのお屋敷の使用人もみんなジーマが好きだったわ」

「シリンはメタノフ少佐が何をしてきたか知らないからそう言えるんだ。あいつが滅ぼしてきた村や町がどんな有様か」

「……それは、だって、軍人だもの……。違う国の人はそう思っても仕方ないけど」

　不機嫌になったエニシテに、シリンは言った。

「オルツィヴで一緒に住んでいた時に、よく馬に乗せてもらったの。時々ひみつの場所につれてってくれて」

　オルツィヴは、寒いところだった。火の時代の都市を再利用して造られたという城塞都市で、すべすべした灰色の石で町は形作られていた。オルツィヴから少し離れたところに、ジーマが飼っている馬の飼育場があった。小さいながらも見事な牧場で、元々はメタノフ家が所有していたが、ほとんど廃《すた》れていたのを、ジーマが頼み込んで譲り受け、それなりの状態にしたのだという。そこには、数頭の馬と、雇われた二級市民が住んでいた。

「ジーマは馬が本当に好きなの。メタノフの家で、動物を飼ったらみんないやがるから、そこの牧場で面倒を見てた。軍を辞めたら、牧場で働きたいってよく言ってた」

メタノフの家にいる時のジーマはいつも何か思い詰めているように無口だった。けれども、牧場でのジーマはごく自然体だった。シリンにも何の遠慮もなく話しかけてくれる。一緒にお菓子を作ったり、馬にブラシをかけたり、遠乗りをしたり。二人で過ごす時間は宝物のように楽しかった。

また、そこに勤めている二級市民の人たちも、ジーマに感謝していた。そこでは人としての扱いを受けられたからだ。

「お情けで囲われてるのに感謝かよ」

エニシテはぼそりと言った。さすがにシリンはむっとした。

「そんな言い方ないでしょう？　帝国での二級市民の扱いを知らないからそんなこと言えるのよ。二級市民は、体が弱い人や、年をとって働けなくなった人は、収容所に行くしかないもの。でも、ジーマはそういう人たちを集めて動物の世話をさせるの。一人では十分な働きはできなくても、何人かで力を合わせれば、動物の世話はできるからって」

「だからって、メタノフ少佐のやったことが許されるわけじゃないだろ」

エニシテの言葉に、シリンは頭に血が上るのを感じたが、一呼吸してから言った。

「……エニシテが、ジーマのこと良く思ってないのはわかった。でも、わたしの前でジーマの悪口言わないで。わたしにとっては大事な人なの」

「……」

結局、その晩、二人はそのまま黙り込んだままだった。

翌日は日が昇る前に出発をした。昨夜のことから、なんとなく気まずい朝食になった。しかし、今日は久しぶりに人の住む町に滞在できるという。ただし、ゲルミリア帝国と比較的近い場所ではあるので、気をつける必要はある。

「おかしいな……」

「どうしたの?」

「コビトヤシが枯れてる。この辺は泉があるから、もう少し緑が多いはずなんだけど」

やがて、昼前に目指す町らしきものが見えてきた。熱に空気が揺らめく先に、ナツメヤシの影が見える。そして……

「……カルーガだ」

エニシテが硬い声を上げた。

「カルーガ?」

「見える？　上に飛んでる鳥みたいなの」

町の上に、鳥のようなものが浮かんでいるのが見えた。距離はあるのに、形がわかる。それは、通常の鳥では考えられない、巨大なものであることを明確に示していた。

「魔獣の一種なんだ」

二足獣の手綱を握るエニシテの腕に、力が入るのがわかった。

「あれが魔獣……」

シリンのつぶやきに、エニシテが聞き返した。

「普通は人の住んでいるところには魔獣は来ない。魔獣よけの樹を町に植えるからね」

「エヴィの樹みたいな」

「うん。でも、あそこにカルーガがいるってことは……」

エニシテは最後まで言わなかった。樹を切られるようなことがあったのか、あるいは。

「ねえ、エニシテ、行ってみよう」

シリンの言葉に、エニシテはこむぎに拍車をくれていた。

町に近づくほどに、カルーガの大きさの異常さがわかった。鳥というよりは空飛ぶ巨大な凧《たこ》か、絨毯《じゅうたん》のようだ。菱《ひし》形の平べったい体に、長い鞭《むち》のようなしっぽが風に揺れている。翼ともいえる左右の巨大なひれが薄い絹《きぬ》のように風にひらめき、空を優雅に回遊している。

そのカルーガの下には、羽虫のような小さな魔獣が群れて飛んでいるのがわかったが、近づけば、それとても小鳥ぐらいの大きさがあった。

「……これは」

町の前にたどり着いたシリンは言葉を失った。

それは明らかに人為的な破壊の跡だった。町の周りに植えてあるナザールの樹がなぎ倒されている。ナザールは、樹と呼ばれているが、その正体はある種の菌類が石灰化《せっかい》したものので、乳白色のガラスでできた枯れ木のように見える。人にはわからない芳香を出し、魔獣を寄せ付けない。そのナザールがなぎ倒され、石造りの家も、いくつかは崩れている。オアシスならば見られる緑は見当たらず、立ち枯れたナツメヤシの木がもの悲しく熱風に揺れていて、人の気配は町のどこにもなかった。時折空を飛ぶカルーガの影が町を横切っていく。

「やられた。メタノフ少佐だ」

エニシテがうめいた。

「ジーマが？　何をしたっていうの」

「メタノフ少佐が来て、ナザールをなぎ倒したんだ。ナザールのない町には魔獣がいつ来てもおかしくない」

「ジーマがやった証拠なんてあるの？」

「メタノフ少佐が来た後には帝印が刻まれた馬蹄《ばてい》がつるしてあるんだ」

　エニシテが見た先、倒れたナザールの先に、銀色の馬蹄が風に揺れていた。

「町を見たい」

「……魔獣がいると思う。危ないからできたら避けたいな」

「少しでいいの」

　シリンがつぶやくと、エニシテはこむぎに拍車をくれた。

　こむぎは町の中心であろう通りを走った。町の中は静寂が広がっていた。オアシスのはずなのに、植物は枯れ果てている。石と泥で作られた家は、いくつかは壊され、割れた窓から帷幕《いばく》が垂れ下がり、風に揺れている。どこにも人の姿はなく、町は廃墟《はいきょ》と化していた。

　ジーマがこんなことをしたんだろうか。あの優しいジーマが。

　それは仕方のないことだ。軍人なのだから。でも、何をしているのか、具体的に考えたことはなかった。いや、考えるのを避けていた。しかし、実際に廃墟と化した町を走っていると、その恐ろしさが身に迫ってくる。ゲルミリアの悪鬼とは、このことなのだ……。

　シリンは泣き出したいような気持ちになった。どうしてこんなひどいことができるのだろう。住んでる人を追い出して、そこまでしてこの町が欲しかったというのだろうか。

「この町……ジーマが住んでいた人を追い出したのね。どうして……」

シリンは声がかすれるのを感じた。

「俺たちを追いかけて先回りしたんだ。砂漠を、井戸を伝って移動していることはわかったんだろう。だから、必ず立ち寄るだろうこの町をつぶした」

「そんな……」

「ただ、町を見てわかったけど、人がいなくなった決定的な原因はそれじゃない。水が涸れたんだ。いくらメタノフ少佐だって、ソグディスタンで無秩序に攻撃したら外交問題だ。ソグディスタンでも気にも留められてない辺境の、元々死にかけてた町にとどめを刺しただけだ」

確かにそう言われると、周りの木が枯れている。

「最近はよくあることなんだ。水源の流れが変わったんだ」

「そして水源の山脈は帝国にある」

エニシテはうなずいた。

「たぶん、水が涸れはじめて、人が出て行き、町は縮小した。そこにメタノフ少佐のとどめうちだ。これじゃあ人はもう住めない」

「人が住めない場所を作るなんて……」

砂漠を旅してわかったのは、水の大切さだ。いくら食料があっても水がなければひからびてしまう。水が涸れることがどれだけ決定的なことか、今ならばよくわかる。

「この町がダメになったのはもう仕方がないことだよ。だけど、問題はこれから俺たちがどう行くかだ」

町を流れる水脈がダメになったということは、その先の井戸も使えないということだ。手持ちの水は、こむぎが運んでいるものだけだが、二日は保たない。

シリンが言葉も出ずにいると、突然、目の前で地面が破裂した。砂煙が上がり、すさまじい音が耳に響いたのはそのすぐ後だった。はっとして目を向けると、破裂した地面の上で、五十センチはあろうかという灰褐色《はいかっしょく》の芋虫《いもむし》のような生き物がのたうっている。見れば、似たような生き物が地面から顔を出そうとしていた。

「魔獣だ、まだいるよ、これ以上町にいるのはまずい」

振り返れば、エニシテがカービン銃を構えていた。銃口からは煙が薄くたなびいている。

エニシテがカービン銃のレバーを下げると、熱くなった空薬莢《からやっきょう》が地面に落ちた。両手がふさがっている今は、巧みな足さばきのみでこむぎを操り、方向を変える。

しかし、その先を見て、二人は息をのんだ。先を阻《はば》むようにいるのは、コオロギにも似た生き物だった。ただし大きさは人の二倍はありそうだ。紫を帯びた褐色の丸い腹部からは、節を持つ足が十ものびていて、背後が透けて見えそうに薄い羽根は道を覆うように広がっている。

こむぎがひるむように足をすくませた。

前にも後ろにも魔獣に挟まれて、このままでは逃げ道がない。

エニシテが舌打ちするのが聞こえた。

「シリン、ちょっと荒っぽい騎乗になるけど、落ちないでね」

「え、エニシテ、どうするの」

「突っ切るしかない。グリップしっかり握って。君はなんにもしなくていいから、とにかくバランス崩さないで邪魔しないこと！」

言うなり、エニシテはこむぎの横腹に拍車をくれた。

「え、うわ、きゃあ」

二足獣は走った。これまでとは比べものにならない速さで道を駆ける。こむぎの頑丈な足が地面を蹴るたび、震動が体を貫き、風が頰《ほお》を切った。横の景色がぐんぐんと後ろへ流れ、あのコオロギのような姿の魔獣が近づいてくる。

それは近くで見るとさらに大きく感じた。巨体にもかかわらずなめらかで軽い動きで、こちらを狙《ねら》うように、数ある節足を向けてくる。

「……大きい」

「シリン、黙って。舌噛《か》むよ」

背後でエニシテが今度は散弾銃を構える気配がした。轟音《ごうおん》が響いた。装弾から放たれたいくつもの弾が、魔獣の薄い羽根に当たる。まるでガラスが砕けるかのように、羽根には大きな穴が空いた。

さらに散弾銃の先台《さきだい》を引く金属音がシリンの背後でした。引き金が引かれて銃声が響いた。発砲の反動は大きいはずだが、生身の腕よりもはるかに強靭《きょうじん》な機械化義手を持つエニシテはものともしない。エニシテはとどまることなく足で巧みにこむぎを操り、走らせ続けたが、揺れは大きかった。揺れのせいで息をするのも苦しく、シリンは鞍のグリップにしがみついた。

頭上で銃声が響き、今度は魔獣の羽根の付け根にいくつもの火花が散った。ちぎれた羽根が大きく宙に舞い、魔獣の金属的な鳴き声が聞こえた。羽根がちぎれてできた隙間《すきま》めがけて、エニシテはこむぎを走らせる。

いくつもの節足がこちらへとうごめいた。こむぎが魔獣の横をすり抜けようとした瞬間、その足がこちらをとらえようとしたが、エニシテの白い左腕がそれを払いのけていた。衝撃はあったものの、魔獣の横をあっという間に通り過ぎていく。

こむぎはそのまま走り続けた。倒されたナザールの樹のかけらが地面に見えたが、その先は砂漠だった。

こむぎは町を抜けて砂漠を走った。足でこむぎを操りながら、エニシテは歯がみした。

くそ、あの魔獣、最後にやりやがった。

散弾銃であの魔獣の羽根を破り、横をすり抜けた時、その節足がシリンを狙ってきた。エニシテはそれを払いのけようとしたが、節足の一本が肩をかぎ裂いていた。こむぎに乗ったままで確認ができないが、義手と肩のちょうど付け根のあたりだろう。重い痛みが体に響き、義手が不規則にきしみを上げるような音をたてている。

まずい。これはとてもまずい。義手が動かないならば、外せばいい。だが、接合部はとても繊細な技術で生体に組み上げられている。場合によっては全身に影響が出る。

「エニシテ？　腕はだいじょうぶなの？」

シリンが気づいたのか、後ろを振り返ってきた。

「エニシテ!?　血が出てるよ!?」

「大丈夫、少し先に洞窟《どうくつ》があるはずだから、そこで……」

エニシテはかろうじてそう言うと、こむぎを走らせた。

まもなく二人を乗せたこむぎは、崖下の洞窟へとたどり着いた。灼熱の太陽が嘘のように遮られた静かな洞窟で、こむぎが足を止めると、エニシテは鞍から地面へと降り立った。

「くそ、なさけないなあ……」

「エニシテ！　さっきの魔獣にやられたの!?」

シリンが真っ青な顔で聞いてくる。エニシテは左肩を見た。思ったよりもひどい有様だ。致命傷は免《まぬが》れているが、義手のほうは修理しないことには使い物にならないだろう。

「わたしが、町を見たいって言ったから……」

「いや、どっちにしろ、町を確認しなければならなかっただろうし」

圧迫止血による応急処置をした。しかし、これまでのペースで移動はできない。

当てにしていた町は使えず、それに通じる水脈も使えないということだ。あたりは砂漠で井戸さえも遠い。最後に通った井戸に、エニシテは戻ることもできないだろう。シリン一人でこむぎがいてなんとか、というところだろうか。

めまいを感じて目を閉じると潮騒《しおさい》のように耳鳴りがした。

こんな時に、とる選択は一つだ。決断は早いほうがいい。

「シリン、落ち着いて。俺は大丈夫だから」

「でも」

「それよりこれからどうするかだ。シリン、こむぎに乗って、元来た道を戻るんだ」

「エニシテ、何を言ってるの」

「井戸をたどれば、チェイダリに戻れる」

「ちょっと待って。エニシテはどうするの」

「助けを呼んできてよ。宿屋の女将のところまで戻ればきっと助けてくれる。それまでここで待ってるから」

「嘘！　エニシテがそれまで保つわけないじゃない！」

シリンは叫んだ。

「宿屋のあった村に戻るだけでも、何日もかかるでしょう？　戻るまでの間に水がなくなっちゃうよ。そうでなくてもこんなに大きな傷じゃ、消耗しちゃう」

「けど、シリンがここにいても、俺を助けることはできないよ。君だけでも戻ったほうがいい」

「そんな……。なんとか、なんとか……」

シリンは顔色を失ってつぶやいた。

こんな状況だというのに、エニシテはシリンの必死な顔を見て、可愛いな、と思ってしまう。チェイダリで初めて会った時のシリンは、ずっとうつむいて、表情だって乏しかった。それに比べれば、こうして真剣に考えているシリンのほうがずっといい。それが、自分の生命の危機と引き替えだとしても。

「ここから一番近い町は、カエサレアだよね」

シリンがつぶやいた。

「……それには暗黙の森を抜けなきゃ行けない」

エニシテが答えた。

「普通なら魔獣師でも通らない。魔獣がたくさん住んでいて危険なんだ」

「でも、暗黙の森を抜ければカエサレアに一日で行けるんでしょう。知り合いもいるって。わたし、行って助けを呼んでくる」

「君には無理だよ。本当に危険なんだ」

「だってここにいたらエニシテが死んじゃう。少しでも助かる方法を考えなきゃ」

「だから、君はチェイダリに戻ればいい。水の剣を持って行けば大丈夫だよ。メタノフ少佐っていう後ろ盾《だて》がいるんだ、全部俺にそそのかされたってことにすれば、なんとかお咎《とが》めなしに……」

「……チェイダリには戻れない」

シリンはぽつりと言った。

「ジーマがしたことを見てしまったもの。わたし、ジーマが軍人であること、そして自分の故郷を滅ぼしたことは知ってた。でも、それで実際にどんなことをしていたのか、具体的に考えたことはなかった。……ううん、考えることを拒否してた。優しいジーマ。助けてくれたジーマ。わたしにとって必要なジーマは、それだけだった。でも、本当はそうじゃないって、わかってしまったから……」

シリンは泣きそうになりながら言った。

「あなたを見捨てることなんてできない。エニシテは、わたしが一番助けてほしい時に手をさしのべてくれたもの。それなのに、どうして自分だけが助かろうなんて考えられるの。……だから、行く。どっちにしたって、このままじゃ行き倒れだもの」

「シリン、俺は、水の剣を使える君を利用しようとしたんだ。もういいんだ。君が俺のために命を危険にさらす必要はないよ」

シリンは首を振って、エニシテの腕に触れた。白い機械化義手には、細かな感覚はないはずなのに、温かいものが伝わってくる気がした。

「そんなことはいいの。わたし、行く」

「……シリン……、だけど」

「行くって言ったら行く！」

エニシテはふいに笑い出したくなった。だだをこねるように言うシリンは、これまでになく生き生きとして見えたからだ。

食料と水の半分はエニシテのもとに置くことにした。往復二日ならばなんとか保つ。一方、シリンは最低限の荷物で出発することになった。荷物は軽ければ軽いほど、こむぎの負担が少なく、スピードも出る。ただ、散弾銃と、その弾だけは身につけた。

暗黙の森での注意点と、森を出てからのカエサレアへの行き方、それから訪ねるべき知り合いについて、エニシテはシリンに確認しながら伝えた。

「道はこむぎが知ってるし、魔獣もよけられるものはよけてくれるよ。本当に賢いんだ」

エニシテが手招きすると、こむぎは首をすり寄せてきた。

「運が良ければ魔獣にも会わないだろう。でも、遭遇したら、基本的には逃げてくれ。こむぎなら逃げ切れるとは思う。銃を使うのは最後の最後だ」

話しながらも、エニシテの息が切れ切れになるのを感じた。

「……人間にとって、魔獣は天敵だ。でも、逆もそうだといえる。だから、用もなくこちらを襲うわけじゃない。できるだけ、存在を知られないように、してくれ」

「……うん」

「シリン、俺のゴーグルを外してくれる？」

「でも、まだ昼間で……」

「ここは、一日中日が差さない。だから、虹染病の心配もないんだ。せっかくだから、解放してよ」

シリンは黙ってエニシテのゴーグルを外してくれた。目の前を遮る風防ガラスがなくなると、視界はこれまでになく明瞭《めいりょう》だった。大丈夫なほうの右手を持ち上げると、シリンの頭に触れてみた。柔らかな白い髪が、手のひらを流れていく。ふと、手に白い髪留めが触れた。シリンがチェイダリから唯一持ってきて、大切にしている髪留めだった。それはころりとエニシテの手のひらに落ちてきた。

「ああ、やっぱり、直接見る君は綺麗《きれい》だな。夕日の色の瞳だ」

「……エニシテ。わたし、必ず帰ってくるから」

「待ってるよ」

エニシテは少しだけ笑った。

シリンはこむぎの鞍に乗ると、一度振り返って、それから砂漠へと走り出した。

シリンはこむぎに乗って砂漠を駆けた。本来ならば走るには適さない、昼過ぎの一番暑い時間帯だった。エニシテによく言い聞かされたのか、こむぎは迷うことなく砂漠を走った。指示さえきちんとしておけば、この賢い二足獣は迷うことがない。

暗黙の森が見えてきたのは、洞窟を出て一時間ほど走った後だった。砂漠の先に、薄ぼんやりと輝く緑の光が見えた。やがて、見えてきたのは、巨大な石英の柱の林立する『森』だった。

「……暗黙の森」

エニシテに教わった暗黙の森は、目の前にあった。それを見て、人々が森を避ける理由がよくわかった。名前こそ森であるが、生きている木が生えているわけではない。砂漠にあるというのに、地面はごく浅い水と藻類《そう》で覆われ、巨大な石英が天を貫こうとするように林立している。石英に藻類の緑が照らし出され、遠目には緑の森のように見えるのだ。どうしてこのような森ができあがったのか誰も知らない。だが、火の時代の残留物であることは間違いなかった。

森は人を歓迎しない。藻類に覆われた地面は日差しを受けて悪臭を放つ。地形によっては深い水たまりを作っているが、藻類に覆われているため上からは見ることができず、足を踏み入れれば、溺《おぼ》れてしまう。なにより、森には魔獣が住んでいる。好き好んで足を踏み入れるものはいないのだ。

……怖い。

シリンは体がすくむような気がした。だが、なんとしても町に行くのだ。エニシテの傷は深いが、致命傷というほどではない。だが、砂漠を行くのは難しいだろう。シリンが助けを呼んでこなければ、エニシテはあそこで干上がるしかない。

「こむぎ、行こう。エニシテを助けるために必要なの。お願いね」

シリンはこむぎに声をかけた。こむぎは軽く首を振ると、森へと走り出した。

こむぎがその頑丈な足で進むたびに、緑の水が跳ね上がった。シリンはこむぎにしがみついた。

こむぎは優秀だった。腐った水に覆われているため、見ただけではわからない足場を正確に把握《はあく》し、時には遠回りし、時には水たまりを飛び越えながら走り進んだ。水をはねる音がする以外は森は静謐《せいひつ》で、先日見かけた魔獣、カルーガが、石英の柱の上を優雅に飛んでいる。見上げた空は恐ろしいほどに美しかった。

こむぎの背に揺られながら、シリンはエニシテの言葉を思い出していた。

水の剣を扱えるシリンを利用していた、とエニシテは言った。それは、きっとその通りなのだろう。自分の価値というものが、そういったところにしかないのかと思うと、辛い気持ちが湧いてくる気がした。

でも、それでいい。

シリンだってエニシテを利用した。チェイダリを出るために、外の世界に行くために。お互いがお互いを利用し合う。シリンとエニシテはそこからスタートした。けれども、砂漠で過ごした中で笑い合った瞬間や、手をつないだ時に感じた暖かさは、きっと本当だ。七年過ごしたチェイダリで、一度たりとも感じたことのない幸せを、エニシテは与えてくれたのだ……。

シリンがそう思っていると、ふいにこむぎが進む方向を変えだした。急な転回にバランスを崩しそうになった時に、石英の柱の上から何かが落ちてきた。こむぎはそれを間一髪で躱《かわ》した。それは巨大な粘液のような生き物で、ずるずると形を変えながら、しかしかなりのスピードで水上を移動し、こちらを追いかけてくる。こむぎはそれを避けるように全力で走った。走るたびに水が跳ね上がり、服も体も緑色に染まりそうだった。

なんとか逃げ切った後、シリンはこむぎを少し休ませた。石英の柱の陰の、水がはけたところで、塩の結晶がちらちらと光るのが見えた。

「魔獣。本当にいるんだ……」

こむぎはうまく森を駆けてくれている。それでも遭遇してしまった。もし次に来た時に、無事に逃げ切れるだろうか……。

肩から斜めに提げた水の剣は、腰のあたりで揺れている。

ここで水の剣を使うのはどうか。いや、水の剣を使うとしても、相当接近しなければ相手に触れることはできない。そもそも、魔獣にダメージを与えられるのだろうか。水の剣についてはわからないことが多すぎた。

シリンはエニシテから預かった散弾銃を取り出した。水平二連銃は、エニシテが持っている銃の中では軽いほうなので、シリンでも扱いやすい。すでに込めてあるカートリッジは、特別製で、虚数弾、と言っていた。

『騎乗している状態で、弾が当たるなんて考えちゃいけない。止まって狙って、やっと当たるかどうかだ』

エニシテは言った。

『それで、この弾だ。この弾は特別製だ。滅多に手に入らない虚数弾で、俺もたまたま手に入れることができたんだ。カートリッジの中には、普通は散弾っていう弾がいくつも詰まってるんだけど、この中には虚数弾が詰まってる。虚数弾っていうのは火の時代の遺跡から時々出てくるぐらいだけど、普通の弾に比べて、持ってるエネルギーが大きい。つまり、当たった時のダメージが大きいってことだ。そしてもう一つ、シリンにとってはこれが大事だろうけど、ある程度は追尾性能があるから、きちんと狙えば魔獣を追い払うことはできるはずだ』

エニシテはそう言って銃を渡してくれた。

『カートリッジは二発だけ。気をつけて使って』

シリンは散弾銃を手に、こむぎに声をかけた。

「行こう、こむぎ」

どうか、これ以上、魔獣に遭《あ》いませんように。

シリンは祈った。

こむぎは水たまりの続く道を走り続けた。長時間の騎乗は楽ではない。これまではエニシテがシリンを気にして、休み休み進んでいたけれど、今回は止まることはできなかった。走るうちに、青かった空がやがて白く、赤く色が変わり始め、水と泥で覆われた地面もその色を映し出した。右手を見ると、大気の中に歪《ゆが》む赤い太陽が、林立する石英の柱の向こうに沈み始めようとしていた。

日没の後も、空は太陽の名残《なごり》を残して薄明るかったが、足下は急速に視界が悪くなっていった。その一方で、林立する石英の数が減り始め、水のない地面が増え、森の終わりが近いことが知れた。

「こむぎ、あと少しだよ」

シリンが声をかけたその時、目の前の水たまりが急に膨らんだ。あっと思った時に、濁《にご》った水しぶきが上がり、飛び出てきた何かがこむぎに体当たりしてきた。衝撃が走り、ふわりと宙に浮いた感覚が身を包んだ後に、泥の中に倒れ込んでいた。

とっさに泥の中から顔を上げると、そこに翼の生えた魚が宙に浮いていた。黒光りする体は大きく、背びれと思われる部分が、体をしのぐほどの大きさの透き通った翼になっている。コウモリの皮膜《ひまく》のように広がった大きな二枚の翼を優雅に動かし、物理法則を無視して宙を泳いでいる。

魔獣だ、と思った時に、その翼の生えた魚がこちらを見てくるのがわかった。その体に似つかわしくない大きな口を開けるのが見えた時、恐怖が背筋を伝った。空飛ぶ魚は、こちらに向けて飛んでこようとする。このままでは殺されてしまう……！

シリンは銃を探した。それは近くに落ちていた。こむぎから落ちた時に手から放れて、少し離れた乾いたところに落ちたので、濡れてはいない。シリンは銃を手にとって構え、そして引き金を引いていた。反動が肩を襲い、銃口から火花が散り、耳をつんざく音がした。いくつもの弾が翻るように赤い軌跡を残し、空飛ぶ魚めがけて飛び、かすめて散った。空飛ぶ魚は、空中でくるくると回りながら吹き飛ばされていく。

……はずれた！

シリンは、ぞっとする事実に息をのんだ。エニシテの言うように、弾は狙った魚を追いかけた。とはいえ、狙いが下手《へた》すぎた。エニシテが言っていたではないか。銃とはそう簡単に当たるものではないと。

それでもかすめた弾は、魚を吹き飛ばしていた。今度はシリンではなく、こむぎめがけて襲いかかろうとした。

弾はあと一発だ。それで仕留められなければ、もうどうしようもない。シリンはぐっと立ち上がった。

『体の重心は前に。銃床はきちんと肩につけて。左手は先台、右手は用心金《ようじんがね》の三点支持だ。ぶれないようにきちんと持つんだ』

エニシテの言葉を思い出しながら銃を構えると、すぐそばに彼がいるような気がした。

『照星《しょうせい》と照門をかさねて、その先に的を見る。的が見えれば、必ず当たる。焦らないで』

頬を銃床にくっつけるようにして、照準を合わせる。動いている魔獣に狙いを定めるのは難しかった。狙いが合う、その時を待った。

今。

エニシテの声が聞こえたような気がして、シリンは引き金を引いた。肩に重い反動がやってくるのと同時に、光がはじけた。通常の散弾より遙かに高いエネルギーを持つ虚数弾は、赤い残像を夕闇に残しながら、宙に浮く魔獣に次々と命中していく。そうして、空飛ぶ魚は泥の中に落ちていった。

シリンは魔獣に食らいつかれていたこむぎに駆け寄った。

「こむぎ、こむぎ、大丈夫⁉」

泥の中でもがいていたこむぎは、首を上げると、シリンに顔をすり寄せてきた。あれほど魔獣ともみ合ったのに、奇跡的にこむぎは無事だった。

「ごめんね、こむぎ。無事でよかった……」

悪臭のする泥の中で、こむぎに抱きついた。これほど頼もしい相棒はいなかった。

ふと顔を上げると、石英の柱の向こうに町の灯《ひ》が見えた。カエサレアだった。

カエサレアについたらヴィーシャって奴を探して。信用できる奴なんだ。絶対に助けてくれる。

エニシテはそう言っていた。暗黙の森を命からがら抜けたシリンは、エニシテに教えてもらった通り、街外れの修理工の店に向かった。当然夜中は閉まっているが、シリンは強い勢いで扉を何度も叩いた。

「開けてください。ここはヴィーシャさんのお店でしょう⁉」

シリンがあきらめずに声を張り上げていると、根負けしたように中から若い男が出てきた。

「おい、誰だよ。こんな夜中に」

シリンは男の足元にしがみついて、半泣きで声を上げた。

「助けて！　エニシテが死んじゃう！　お願いだから、助けて！」

男が息をのむ気配がした。突然しがみついてきたシリンを見下ろしてきた。

「お嬢さん、泣いてちゃわからないんだが、君はエニシテの知り合いなのかい」

シリンはうなずいた。

「エニシテが大変なの。いま、砂漠に一人で待ってる。カエサレアのヴィーシャなら必ず助けてくれるからって、だから、暗黙の森を越えてここまで来たの」

「……なんだそれは。あの暗黙の森を越えてきただって？」

男はシリンをまじまじと観察してきた。泥だらけの身体に、不釣り合いに大きい散弾銃を背負ったシリンはどう見えたのだろうか。おまけに後ろには二足獣のこむぎがいる。

「……君、本当にエニシテの居場所を知っているのか」

シリンはうなずいた。彼は歯がみした。

「とにかく、中に入って。そんなに泣いていたら全く事情がわからないよ」

ヴィーシャはエニシテよりいくらか年上ぐらいの男性だった。ソグディスタンに住んでいるというのに、白い肌に赤毛に緑の目という帝国出身者によくある容姿をしていた。どちらかというと背は高く、長く伸びた赤い髪を三つ編みにして垂らしている。メガネの下の目は、切れ長の一重だった。

ヴィーシャは、半泣きでつっかえながら話すシリンの言葉を辛抱《しんぼう》強く聞き取った。

「つまり、あの阿呆《あほ》は、念願叶って水の剣を手に入れたものの、機械化義手を壊すほどの痛手を被《こうむ》って、砂漠でくたばりかけているということか」

「エニシテが悪いんじゃないの。わたしが、町を見たいって言ったから」

「仮にも魔獣師のくせに、それっぱかしのところを切り抜けられないあいつが悪い。だから言ったんだ、帝国なんかに足を突っ込むなって」

ヴィーシャはここにはいないエニシテを罵《ののし》った。しかし、ぶつくさ言いつつも、泥だらけのシリンに湯浴みを勧めてくれた。暗黙の森の汚染された泥は、飲み込んだわけでなければすぐに健康に害を及ぼすことはないが、有害な物質だ。すぐに洗い流したほうがよいという。カエサレアはオアシスの町であり、水は存分に使うことができる。お風呂はチェイダリを出て以来のことで、温かなお湯に体を浸すと、涙が出そうに心地よかった。

借してくれただぶだぶの男物の服を着て工房に戻ると、ヴィーシャはこむぎに水を与えていた。

「少しはさっぱりしたかい」

「……はい。ありがとうございます。あの、エニシテは……」

「あんな阿呆は砂漠でくたばってもかまわないが、それだと私が文句を言えないから、助けに行ってやらんこともない」

「でも、エニシテのところまでどうやって……」

「ふん、心配しなくてもいい。方法はある。朝には出発だ」

ヴィーシャは自信満々で答えた。

「ヴィーシャさんは、エニシテの、お友達なんですか」

「あいつの腕のメンテナンスをしてるんだよ。もう五年になるかな」

「……帝国の出身ですよね」

シリンの言葉に、ヴィーシャはメガネを押し上げた。

「君もそうだね？」

「……はい」

「だとしたら、そう、君と一緒だよ。私はあの国から逃げてきた。それからソグディスタンで知り合ったのがエニシテだ。あいつには、ここに来たばかりの時世話になった恩がある」

　ヴィーシャはそう言ってこむぎの頭をなでた。こむぎもヴィーシャがわかるのだろう、くう、と小さく鳴き声を上げた。

「……ヴィーシャさん。エニシテを助けて。わたしも、エニシテに恩があるの。あんなところで、一人でいていいわけがない。……お願い」

　洞窟で動けずに一人でいるエニシテを思うと涙がこぼれた。ヴィーシャはシリンを軽く抱き寄せてくれた。

「大丈夫だよ。必ず助けよう。君がここに来てくれたからなんとかなる。暗黙の森はそう簡単に抜けられる場所じゃない。よく頑張ったよ」

　頑張ったではダメなのだ。エニシテを助けなければ。それでも、ヴィーシャがシリンの頭をなでてくれると、少しだけ安心した。


　心配でたまらなかったはずなのに、ヴィーシャに寝台に案内されたら泥のように眠りに落ちていた。目が覚めたら朝になっていて、ヴィーシャが外で待っていた。

「……これは、自動車？」

　それは、幌《ほろ》付きの鉄の車輌《しゃりょう》、貨物自動車とでもいうものだった。

「そう見えるだろう。浮遊型の自動走行車だよ。縮退炉のエネルギーを利用して反重力を発生させる。これによって、車輌を浮かせ、車輪なしでも進行するし、地面の状態を気にせずに影響を受けずに進むことができる」

「……はあ……」

言っていることがよくわからなくて、シリンは首をひねった。ヴィーシャもさすがに難しすぎたと思ったのか、言い直した。

「まあつまり、浮いて走る車だから、砂漠でも気にせず行けるってことさ」

荷台には、見たこともないような様々な機材と、水の入ったタンクも載っている。シリンは運転席の隣へと案内された。

ヴィーシャはすぐに自動車を起動させた。一瞬の浮遊感が身を包むと、車体は走り出していた。窓から見える景色は流れるように走り去っていく。

そろそろ、夕方だろうか。

直射日光の入り込まない洞窟の奥にいても、入り口から入り込む光の加減で時刻はわかった。朝の光は青く輝くようで、真昼の光は乾いた白を映し、夕方はわずかに赤みを帯びる。エニシテは一昼夜を一人で洞窟で過ごし、また一日が終わろうとしている。

暗黙の森を、シリンは抜けられただろうか。自分の命が助かるかどうかよりも、シリンが無事であるかどうかが気に掛かった。こむぎが頑張ってくれれば、暗黙の森を抜けるのは不可能ではないだろう。だが、助けを呼んで、同じルートを通って戻ってくるのは難しい。ヴィーシャがなんとかしてくれるといいけれど。

傷からの血はもう止まっていた。治療をすれば治る傷だろう。けれど、その痛みはエニシテを苛《さいな》んだ。左腕を失った時のことが脳裏をかすめた。

それは、もう十年も前のことで、クロライナのイルダリヤ湖の水の減少はすでにかなりすすんでいた。

元々、エニシテの家は湖で魚を捕って生計を立てていた。みはるかすイルダリヤ湖の水面に、幾艘《いくそう》もの船が浮かぶ。イルダリヤ湖で獲れる魚や水草といっためぐみは、人々に暮らしの糧と生きる喜びを与えたものだ。

だが、水はみるみる減りだした。朝起きるたびに湖岸線が引いていき、船は陸に取り残された。水の塩分濃度は上がり、魚は死滅し、それらを餌《えさ》にしていた動物や水鳥たちもいなくなっていった。気候も変わり、周囲は砂漠化していき、なにより魔獣が現れるようになったのだ。ナザールの樹を植えるのも間に合わない速度だった。

エニシテの家族は、その一番最初の犠牲者だった。父母は目の前で殺されたし、妹のエミネはなんとか守り切ったものの、エニシテは左腕を失った。クロライナの人たちは、一人、また一人と故郷を離れていった。

虹染病が流行し始めたのは、それからすぐだった。左腕を失ったエニシテを支えるために働いていたエミネは、虹染病に罹《かか》って、そして……。

『……これからも、旅を続けるの？　どこかに腰を落ち着けたりはしないの？』

シリンはそう尋ねてきた。

機械化義手を手に入れたエニシテは、魔獣師となった。彼にはもう帰る家はなかったからだ。それに、家族を殺し、自分の腕をも奪った魔獣という存在が憎くて仕方なかったのだ。流浪の旅を続け、魔獣を狩る生活は、自由ではあるが、過酷でもあった。だから時々、立ち寄る街道の村の、家の明かりが無性に恋しくなる。そこには、彼が失った大切なものがあったからだ。もしも、湖が今もあれば。もしも、魔獣が出なければ。もしも……。

けれども、彼は銃を手放すことはできなかった。虹染病や、川の水の減少や、増えていく魔獣たちや、広がる砂漠……それはどうしようもなく大きな環境の変化だったが、銃を捨てるというのは、そういったものに屈することのように思われたのだ。

水の剣を盗みに行く、とエニシテが言った時、ヴィーシャはもちろん反対した。

『おまえが、イルダリヤ湖を取り戻したいのはわかる。だけど、本当にそんなことが可能なのか？』

ヴィーシャの言うことはもっともだった。

『……それに、万が一、億が一の可能性で、イルダリヤ湖が再生したとしても、おまえの家族が戻ってくるわけじゃないんだぞ』

わかってるよ、ヴィーシャ。そんなことはわかってる。それでも、俺は湖を取り戻したいんだ。そうでなければ俺はいつまでもこの痛みから解放されない。

『……いたくないの？』

シリンはそう聞いてきた。

いたいよ。シリン。今でも痛くてたまらない。左腕がなくなったあの日から、俺はずっともがいている。

魔獣師になって、どれだけたくさんの魔獣を倒しても、この痛みは消えなかった。あるいは、水の剣があれば、湖を戻せれば、故郷を取り戻すことができれば、この痛みから逃げられるのか。

そうして、水の剣を使うために、君を利用することになって、今度は別のところが痛くなる。

どこまで行けばいいのか。どうすれば、この痛みから解き放たれるのか……。

「エニシテ！　エニシテ！　ねえ、大丈夫⁉」

ふいに、エミネの声が聞こえてきて、エニシテは顔をそちらに向けた。洞窟の入り口のほうから、シリンが走って近づいてきていた。

「……シリン。本当に戻ってきたの？」

「約束したじゃない。助けに来るって！」

エニシテは信じられない気持ちでシリンを見つめた。

「遅くなってごめんね。痛かったでしょう？」

シリンはエニシテにしがみついてきた。やわらかな体から熱いぐらいのシリンの体温が伝わってきて、それはエニシテに生というものを感じさせた。

「エニシテ、この馬鹿《ばか》者が！」

怒鳴り声が響いて、シリンもエニシテもびくりとした。エニシテは目をぱちくりさせてから苦笑いを浮かべて、声の主を見た。

「久しぶりに会うのに、ずいぶんなご挨拶《あいさつ》だなあ、ヴィーシャ」

「怒鳴りたくもなるだろうが。あれだけ止めたのに勝手に出て行って、あげくに助けに来いとはどういうことだ」

「だってしょうがないよ、動けたら俺だってなんとかするけどさ」

工具箱を持ったヴィーシャはエニシテのもとに突進すると、ひどい有様の左肩を見て表情を歪ませた。

「おまえって奴は……。整備するこっちの身にもなれ」

「一応、気をつけてはいるんだけどね」

エニシテが力なく笑うと、ヴィーシャはおでこをぺしんと叩いた。

「ねえ、ヴィーシャ、エニシテは治る？　大丈夫？」

「簡単にダメにしてたまるか。せっかくこんなところまで来たんだからな」

ヴィーシャは慎重に義手に触れた。破壊された部分と、生体との継ぎ目はえぐれて血がにじんでいた。

「外したほうがいいな。そのほうが生体に負担が少ない」

「……外すのか。痛いからやだなあ……」

「この期《ご》に及んで、痛いとか抜かしてるな、この考えなし」

「考えてるよ、一応、いろいろ、たくさん」

「まともに考えてたら、水の剣を盗むとかそういう発想はしないだろうが」

ヴィーシャはそう言いながら、容赦《ようしゃ》なく義手を外しにかかってきた。普段のメンテナンスで外すのはどうということはないが、いまは継ぎ目が傷ついている。目もくらむような痛みが襲ってきて、エニシテは思わずうめいた。

「エニシテ、エニシテ！」

シリンの声が聞こえて、右の手を握ってくれるのがわかった。温かく優しい手だと思った。この手があれば、耐えられるのか……。


「……エニシテ」

エミネの……違う、シリンの声だ。エニシテは目を開けた。目の前に、夕日の色の目をしたシリンがいた。目の縁が涙で濡れていた。思わずつぶやいた。

「どうして君が泣いてるのさ」

「だって、エニシテがあんまり辛そうだったから……」

周囲を見ると、そこは車の荷台のようだった。どうやらヴィーシャの車に移動したようだ。エニシテは、シリンの膝の上に頭をのせて横になっていた。いつの間にやら気を失っていたらしい。

「俺は、君に助けてもらってばかりだな……」

「そんなことない。助けてもらってるのはわたしのほうだもの」

シリンはそう言うと、エニシテの額をなでた。この子の手はいつも温かい。自分にはもったいないくらいだ。

「君は、本当にあの森を越えたんだな」

「こむぎが頑張ってくれたの。せっかくくれた弾も全部使ってしまったけど」

「あんなものはいいいんだよ」

エニシテはシリンを見つめた。生半可な覚悟であの森は越えられない。銃を使ったことからも、容易な道ではなかったのだろう。それでも彼女は自分のもとに戻ってきた。

うつむいてばかりの少女だと思っていた。弱く、守るべき存在だと。

だが、そうではないのだ。彼女は自分の決断で歩み、困難を乗り越えられる存在だ。

「……エニシテ、痛い？」

シリンはそう言ってそっと左肩に触れてきた。左腕は、ヴィーシャに外してもらったのでそこにはなかった。包帯で巻かれた肩に触れられても、予想したような痛みはなかった。

包帯越しなのに、シリンの優しく温かい手の感覚が伝わってくるような気がした。

痛くない。いつも感じていた痛みを、その瞬間だけは感じなかった。

ふいに、エニシテは目尻から涙がこぼれるのを感じた。

「……エニシテ？」

「君に触れられると痛くないんだ……」

それがどうしてだかわからなかった。常に苛んでいた痛み……それが現実のものなのか、あるいは心がもたらすものなのか、エニシテには区別がつかない。けれども今はその痛みがなかった。その癒《い》やしが、涙となって、エニシテの目からこぼれていった。

「……もう少しだけ、このままでいてくれるかな……」

「うん」

この子とならば、前を向いて進んでいけるのかもしれない。

シリンの膝の上で涙を流しながら、エニシテはそう思っていた。

ジャナバルは床に臥《ふ》せたまま呻いていた。

左腕が痛い。

シリンに切りつけられ、凍り付いた左腕は、結局元に戻ることはなかった。神殿を辞去し、療養所で静養していても、その痛みはとまらない。痛くて痛くてたまらない。もう失われたはずなのに幻の痛みはジャナバルを苛んでやむことがない。

そもそも、二級市民などという異民族をつけあがらせたことが間違っていたのだ。

チェイダリで生まれ育った彼は、十歳の時にこの砂漠の小集落が帝国の領土となり、沃野に変わっていくのを、自身の成長と共に見つめてきた。元々住んでいた地元住人は一級市民と称されるようになり、帝国本領から派遣されてきた特級市民が彼らを治めるようになった。それはゲルミリア帝国の力をまざまざと見せつけられることにほかならない。帝国とその特級市民たちは、チェイダリに繁栄をもたらしてくれた。潤沢な水を、豊かな実りを、綿密に計画をたてて開発された美しい町並みを。いずれもソグディスタンの辺境に属していては与えられることはなかっただろう。

　同時に、治水工事を行う際に、二級市民という労働力もまた、チェイダリに流入してきた。二級市民はゲルミリアに滅ぼされた様々な民族で構成されていて、習慣も違えば、言葉も違った。やってきた彼らに、最初は、同情する心もあった。彼らのいる境遇は恵まれたものではなかったからだ。だが、一人の娘がすべてを変えた。

『負け犬』

　あれは十年以上も前。名も知らぬ異民族の娘は、ジャナバルをそう罵った。

『あなたたちは、併呑されて、帝国にしっぽを振る負け犬よ。一級市民などという甘い汁に騙されて、今に足下を崩されるに違いないわ』

　物盗りの娘はそう吐き捨てて巡検士に引き立てられていった。

「負け犬だと？　負け犬はおまえたちではないか。敵《かな》いもしない相手に戦いを挑み、物盗りにまで身を落としておいて、こちらを罵ることしかできない、惨《みじ》めな二級市民たちめ。

俺は違う。俺はうまく立ち回ってみせる……」

以来ジャナバルの二級市民への同情心は消え失せ、いかに彼らを管理していくかに心血を注ぐようになった。水の女神の神殿において、それはおおむねうまくいっていた。だが、シリンという名の、不吉を呼び寄せるという赤い目の小娘を見るたびに、心がざわついた。十年以上も昔にジャナバルを罵った名も知らぬ小娘の言葉が蘇《よみがえ》るのだ……。

「……違う、俺は負け犬なんかじゃない……」

ふと、扉が開いた。誰かがジャナバルのもとにやってきた。左腕を失って以来、誰もジャナバルのもとに来ようとはしないのに。

「ひどい目に遭いましたね」

「……おまえは」

チナーという名の五十過ぎの女のことは知っていた。元は二級市民だったという寡婦《かふ》で、シリンに何くれとなく世話をし、時に神殿をのぞきに来たりもしていた。

「皇帝陛下は今回神殿で起こったことを詳しくお知りになりたいそうですよ。皇女殿下は詳しくご報告なさらなかったようですから。特に、水の剣について」

「……皇帝陛下だと。おまえ、陛下の名を騙《かた》って何を言っているのだ」

「名を騙ってなどいませんよ。私はシリンをずっと見張っていました。ジャンスー族は、帝国に仇《あだ》なす存在といわれています。皇帝陛下の遣いは私に命じました。ジャンスー族の生き残りのシリンを生かす条件として、私を密かに見張りとしたのです。用心深い方ですね、皇帝陛下は。あんなちっぽけな娘であっても、見張りをつけるぐらいですから……」

「おまえ、元、二級市民のくせに」

「ええそうです。私はもう二度と二級市民に戻りたくありません。ですから、皇帝陛下にこうして忠誠心を示すのです。元二級市民の私を、シリンが疑うはずもありませんから」

ジャナバルはチナーを信じられない思いで見つめた。

「水の神殿で起きたことをお話しください。皇帝陛下にお伝えしなければなりません。もしも新しい真実が明らかになったのならば……」

チナーはそう言って緩やかにほほえんだ。

「皇帝陛下は、あなたに特別な慈悲をくださることでしょう」

三章　現《うつつ》のオアシス

シリンとエニシテは、ヴィーシャの家にしばらく世話になることになった。

ヴィーシャの家は、カエサレアの町の外れにあり、修理工を営んでいる。外れだけあって、敷地はたっぷりあり、石造りの家と、工房が隣り合わせになっている。庭にはナツメヤシの木が植えられ、心地のよい木陰《こかげ》を作っていた。

「ええい、勝手に仕事道具を使うな、場所を占領するな、この穀潰《ごくつぶ》しが」

「だってさー、この工房涼しいし。鞍《くら》の整備するのに道具使わせてもらうと助かるし。せっかく町にいるのに、暑いところじゃこむぎがかわいそうだろ」

「だからって、工房を厩舎《きゅうしゃ》にされても困るんだよ」

そう広くはないヴィーシャの工房に、エニシテとシリン、こむぎにヴィーシャがひしめいている。工房の作業台で、注文を受けたセラミックポンプの修理をしていたヴィーシャだったが、こむぎの世話をしているエニシテがうるさいらしく、ついに爆発したのである。

「ちぇ。じゃあ、川に行ってくる。こむぎに水浴びさせてやるもんね」

「てか、おまえ、まだ全然傷治ってないんだから寝てろ。おとなしく寝てろ。安らかに寝てろ。そうすりゃ世界の平和は保たれるし、私も仕事に専念できる」

「寝てると退屈なんだよなー。だいじょぶだよ、川はすぐ近くだし」

「それじゃあ、わたしも一緒に行く。それならいい？」

シリンは声を上げた。ヴィーシャはむすっと答えた。

「二人そろって川に流されるとかするんじゃないぞ。貧乏くじ引かされるのは助けに行く私なんだ」

そういうわけで、エニシテとシリンはこむぎをつれてオアシスの川まで行くことになった。

カエサレアは砂漠に浮かぶオアシスの町だった。交易路からは離れているが、温泉が出るので、湯治のための施設や治療院もあり、それなりに人が訪れる町である。背後に暗黙の森を控えているが、地下水脈から流れ出た川が町を潤し、その流れに沿うようにナツメヤシの林が広がる。ナツメヤシの葉陰で、夏は水稲《すいとう》が、冬は麦が栽培されるという。

この町で帝国の追っ手を気にせず過ごせるのは、ヴィーシャのおかげだった。カエサレアと例の洞窟《どうくつ》は直線距離では近いが、暗黙の森を挟むので、通常は大変な迂回路《うかいろ》をとることになる。そのため、カエサレアに二人がいるとは容易には考えられないのだ。また、詳しくは語らないが、何らかの方法であの洞窟で、二人が死んだように偽装したらしい。

「ヴィーシャは毎回口うるさいんだよな」

エニシテはぶつぶつ言う。そういう彼の機械化義手は修理中らしくとれたままで、バランスがとりづらいのか、歩き方がふらふらしている。

「エニシテが心配なのよ。でも、いい人ね。わたしたちの面倒を見てくれて」

「それは間違いないけど。ちょっと偉そうなんだよな。帝国の翰林院《かんりんいん》出てるからって」

「翰林院……？」

シリンがよくわからずにつぶやくと、エニシテが説明をしてくれた。翰林院は、帝国の屋台骨を支えるエリートを輩出する学究機関であり、苛烈《かれつ》な試験をパスした者だけが入学できるところなのだという。ゲルミリア帝国の強さの秘密はこの翰林院にあるといっても過言ではなく、火の時代の遺産を研究し、国力を支えるテクノロジーの研究も行っている。翰林院にいたとなれば、ゲルミリアでの将来は約束されたに等しい。

「それなのに、国を出て辺境に住んでいるんだから、変人なんだよ」

しかし、であれば、あの宙に浮く自動車を作り上げたというのも本当なのかもしれない。

シリンが考え込んでいると、なぜかエニシテが面白くなさそうな声を上げた。

「……なんだよ、ヴィーシャが気になるの？」

「ううん、びっくりしたの。変わってる人だなぁって……」

シリンがそう言うと、エニシテはまた元の通り、にこやかな表情になった。

なんだか変なのである。カエサレアの町に来てから、エニシテの視線を妙に意識してしまう。町に着いてすぐのエニシテは、さすがに寝込んでいたが、シリンにそばにいてほしいと言ってきた。体調が優れないからだろうと思っていたが、起き上がれるようになっても、なんとなく視線を感じる。自分が意識しているのか、それとも本当にエニシテがこっちを見ているのか。

こむぎは川に入ると大喜びだった。暗黙の森で苦労をかけたので、シリンは何度か水を与えに川に来ては身体《からだ》を洗ってあげていた。水に濡れてもどうせすぐ乾くので、服を着たまま川に入り、前回と同じように身体を洗ってあげた。こむぎは嬉《うれ》しそうにのどを鳴らした。

「なんだか、こむぎとずいぶん仲良くなっちゃってるなあ」

ヴィーシャには平気そうなことを言っていたが、まだ調子はよくないのか、エニシテはナツメヤシの木の陰に座り込んでいる。

「だって、一緒に大変なところをくぐり抜けたんだもの。ねえ、こむぎ」

こむぎは首をすり寄せてきた。存分に水を飲ませて、そのあとしばらくじゃれて一緒に遊んでから、岸に上がった。

川岸では、エニシテはナツメヤシの影で横になって寝ていた。濡れたまま隣に座ると、物音に気づいたのか、エニシテは目を開けた。

「ねえ、エニシテ、ヴィーシャの言うように、お部屋で寝てたほうがいいんじゃない？」

思わずエニシテのおでこに手を当てる。熱はないようだった。ぽたぽたと服の裾《すそ》からこぼれた水が、彼の額《ひたい》に落ちた。エニシテは少しだけ笑った。

「あんまり部屋に籠《こ》もっていたくないんだ。昔、動けなかった時に、ずっと部屋にいたから、その時のこと思い出してしまう」

「……動けなかったって、その、左の腕が……」

シリンの声が知らず小さくなる。

「うん、まあ……それなりに大変だったよね。でも今は大丈夫だよ」

エニシテは、おでこに当てたシリンの手を右手で摑《つか》んだ。

「君の手はいつもあったかいな。君が触るとすごく気持ちいいんだ。楽になる。なんでだろうな」

「触るので楽になるなら、いくらでもなでてあげる」

エニシテは楽しそうに少し笑った。

「ねえ、シリン。俺さあ、君のこと好きなんだと思う」

「……え……」

突然言われて、シリンははじめ凍り付き、それから頭に血が上ってくるのを感じた。好きというのは、おそらくこむぎが好きとか、ヴィーシャが好きとかいうのとは、違うような気がする。それはつまり……。

「……あの、それは……」

「七つも離れてるのに、こんなこと言うなんておかしいかな。でも、言っておいたほうがいいかなって、そう思ったんだ。こんな世の中だし、何が起こるかわからないしね……」

　エニシテはそう言うと黙り込んだ。

「……わたしも、嫌いじゃない、よ……」

　シリンは小さな声で言った。

　エニシテは手を離すと、上体を起こした。真正面からゴーグルごしに見つめられて、そのまなざしの強さに、心が打たれるような気がした。

　シリンの体中が熱くなった。エニシテは右手を伸ばしてぎゅっと抱きついてきた。

「わあっ、エニシテ、濡れちゃうよ？」

「そんなの別にかまわないよ。腕が一本しかないのが惜しいなあ」

　エニシテはシリンの耳元でささやいた。

「両手で、君を抱きしめられたらいいのに」

　その言葉を聞いて、シリンは急に切なさが胸に押し寄せるのを感じた。エニシテは一度身体を離すと、じっとこちらを見つめてきた。

「……シリン」

ふいに、エニシテの顔が近づいてきて、唇が頬《ほお》をかすめたが、ゴーグル同士がごちんと当たってうまくいかなかった。思わずシリンは笑い出してしまった。さっきまでの緊張が嘘《うそ》みたいに消え去っていった。

「なんだか、俺がやると格好よくいかないなあ」

エニシテはため息をついた。シリンはくすくす笑いながら言った。

「そんなことないよ。エニシテは一本しか腕がないけど、代わりにわたしが両手で抱く。そうすれば、きっと、両手があるのと同じぐらい、ぎゅっと抱けるよ」

シリンはエニシテに抱きついた。

体中で、エニシテを感じた。砂漠でもずっと一緒にいたけれど、今ほど近くにいることを感じたことはない。それはたくさんのことを思い起こさせた。砂漠の灼熱《しゃくねつ》の昼に、静寂の夜、体をよぎる乾いた空気と、潤う井戸の水、冷たかった義手と、いま自分を抱く温かい腕、シリンをいたわる優しさと、利用しようとした狡猾《こうかつ》さ、湖を取り戻そうとする希望、腕を失った絶望、彼の醜《みにく》さ、美しさ……そして抱えている痛み。

そのすべてがエニシテだった。よいものも、わるいものも、強さも弱さも抱えている、完璧ではない存在。彼のすべてを知っているわけではない。それでも今あるものだけで十分に愛《いと》しかった。

身体を離した後、シリンはエニシテを見た。エニシテもシリンを見ていた。

こうして、抱き合うたびに、きっと彼のことをより深く感じ、離れがたくなっていくのだろう。それは確かな予感だった。


カエサレアでの日々は平和そのものだった。

ヴィーシャは、カエサレアではそれなりに頼りにされる存在のようだった。魔獣師《まじゅうし》が持ち込む故障した銃や、壊れた耕耘機《こううんき》、馬車の車輪などなど、生活に必要な機械が毎日なんだかんだと持ち込まれる。ヴィーシャはそれを丁寧に直した。暮らしぶりが貧しいようには見えなかったが、二人も居候《いそうろう》がいては迷惑だろうと、シリンは空いてる時間はヴィーシャの仕事を手伝うようにした。ヴィーシャは別にいいよ、とは言ってくれたが、様々な雑用を手伝うと、それなりにありがたそうではあった。

エニシテは、一日の大半をうとうとしながら過ごしていた。時々どこかに行っているのかふらりと姿が見えなくなるが、午睡《ごすい》の時間になると戻ってくる。室内をいやがるエニシテのために、ヴィーシャはぶつくさ言いつつも、ナツメヤシの木陰に長いすを持ち出して、そこで過ごすように勧めた。そこは、川のほうからやってくる涼しい風が吹くので過ごしやすい。一日の中でも正午すぎからの数時間は暑すぎて働く気が失せるので、誰もが手を休めて午睡をして過ごす。その時間、シリンはエニシテのそばで食事をし、おしゃべりをしたり、昼寝をして過ごした。その日は配達のついでにもらったスイカを食べた。

「食べづらいなあ」

ぶつくさ言いながら片手でエニシテはスイカを食べる。

「種、とってあげるよ」

シリンは種を取ったスイカを口にほうり込んであげる。日差しをたっぷり浴びて熟したスイカはことのほか甘く、二人はオアシスの恵みを堪能した。けれども、ちらちらと揺れるナツメヤシの葉を見ながらエニシテと過ごす時間は贅沢《ぜいたく》で、スイカよりもずっと甘かった。

また、敷地の庭で植物の世話をすることもあった。砂漠にごく近いにもかかわらず、ヴィーシャの庭は緑でいっぱいだ。

「砂漠の緑地化ができないか考えているんだよ。支破《しは》の大戦で、土地が汚染されて、我々が住める土地は多くない。それなのに、ああも帝国に水源を独占されてしまうと、下流の我々はいつ干上がってしまうかわからないだろう」

「ひどい戦いだったんだね……。どれだけの汚染があるんだろう」

「土地の汚染にもいろいろある。核や強い毒物で汚染された土地もある。暗黙の森は重金属汚染がひどい。砂漠の多くは塩害でやられてるんだ。水分が蒸発するから、土地が塩で覆《おお》われて植物が容易に育たない」

「そんな砂漠でも、こんなに育つ植物があるんだね」

「いろいろあるさ。その中でも、これは特別な植物なんだ」

ヴィーシャは一つの緑の枝を持つ植物を指さした。

「サクサウールは塩分の強い土地にも生えるありがたい植物なんだが、これは、とくに品種改良して、荒廃した土地でも育つんだ。昔、大事な人にもらったんだよ」

一方で、ヴィーシャは時間が空くと、近郊にある火の時代の遺跡に潜り、シリンにはよくわからない遺物を持ち帰ってはニヤニヤしている。シリンはいつしか、遺跡に同行するようにもなった。

遺跡といっても小規模なもので、岩山の隙間《すきま》に空いた小さな洞窟は、誰もが見過ごすさやかさだった。日の差さない洞窟の中では、ゴーグルも必要ない。中は静かで、ヴィーシャの持つ明かりを頼りに先に進むと、大きな空洞があり、その先に不思議な部品が埋まっている一角があった。

「これは何を取り出しているの？」

一緒に遺跡に潜りに行くようになって、シリンはヴィーシャとすっかり打ち解けていた。

「一番欲しいのは縮退炉《しゅくたいろ》かな。ソグディスタンも、ゲルミリア帝国ものどから手が出るほど欲しがってる。あらゆるものを動かす原動力になるんだ。私の貨物自動車もそうだよ」

ヴィーシャが岩のあいだから引っ張り出してきたのは、手のひらに乗るサイズの半透明の丸い玉だった。まるで水晶か何かのように見える。

「こんな小さな玉が、自動車を動かすの？」

「逆に言うと、これがないと動かないんだよ。自動車を動かす燃料の問題だ。まず、石油は手に入れにくい。そうなると、手に入れやすい燃料としては、穀物を醸造したアルコールや植物油あたりが現実的だ。だが、そういったものはそもそも食べ物なわけで……」

「食べるほうに回しちゃうよね。自動車はなくても、生きていけるもの」

「そういうことだ。便利なのに自動車があまり普及しない理由だ」

「でも、あの立派な自動車は、その……縮退炉を使ってるんでしょう？　それなのに、ちっとも乗らないのね。ここに来るのも馬車を使っているし」

「隠してあるんだよ、見つかって縮退炉の出所を教えろって言われたら面倒だろう。ただ、でかい発掘をした時や、輸送が必要な時に使うことはあるがね」

「あちこちで発掘してるのに、縮退炉が広がらないのはどうして？」

「どの国も、軍に最優先に回されるからさ。縮退炉は莫大なエネルギーを与えてくれるが、いまの人類の技術では作れないんだ」

「そんなに、すごいものなの？」

「そりゃそうさ。この中にはマイクロブラックホールが入っているんだ。それに適量の質量を投入すると、ブラックホールの蒸発と成長を平衡《へいこう》状態にしてエネルギーが取り出せるわけだ。ただ、マイクロブラックホールっていうのはそのままではすぐに蒸発してしまうから、いかにして……」

「……はあ……」

何を言っているのかよくわからないシリンは曖昧《あいまい》に相づちを打った。それに気づいたヴィーシャは肩をすくめた。

「ま、便利なものだよ。いまは化石燃料はほぼ枯渇してるから、あらゆる兵器のエネルギー源は発掘による縮退炉に頼ってるといっていい。ゲルミリア帝国が力を持つことができたのも、国内に大規模な遺跡があったことが大きいのさ。ここも、ソグディスタンに見つかったらあっという間に占領されてしまうから、内緒なんだ」

「どうしてここは秘密のままなの？」

「そばに暗黙の森があるからみんな近寄らない」

「そっか……あそこはあんまり長居したくない場所だよね……。あの森も不思議。砂漠なのに水が湧いてるし、その割に誰も利用しようとしないし……」

「あの森と、カエサレアに来る水の流れの源流は違う。あの森の地下には広大な帯水層があるうえに、上流から常に地下水が流れ込むから、地上に水が噴き出るんだ。ただし、帯水層は支破の大戦の時に汚染されてるから、通常の生物は耐えることができない。それで魔獣ばかりがはびこることになってるのさ」

ヴィーシャの知識は膨大だった。翰林院を出ているというのは本当らしく、一つを聞けば、十も二十も答えが返ってくる。大半はシリンに理解できなかったが、それでも世界の一端がのぞけるような気になった。

「エニシテの義手もヴィーシャが作ったの？」

「いや、私にはあれだけのものを作ることはできないよ。帝国では、あの手の機械化義手は、帝室の人々を除いてご禁制だ。生体と機械をつなぐのは禁忌《きんき》なんだよ。たぶん、サウルのほうの技術だろうな。あれだけ精密で、普通の腕と同じように動かせるものはそうそうあるものじゃない」

ヴィーシャは考えながら言った。

「生体と機械をつなぐのは、当然だけどかなり難しいんだ。エニシテのは、だから継ぎ目の部分に、魔獣の一種を寄生させて、それを媒介《ばいかい》に義手を接続してる」

「寄生……？　そんなことして、大丈夫なの？」

ぞっとするような話で、シリンは思わず聞き返した。

「私は生体工学の専門家ではないが……。魔獣とひとくくりに言ったって、大きいのから小さいのまであるし、こむぎみたいに人間の役に立つものもたくさんある。そもそもは火の時代の人間たちが、自分たちの役に立つように改造した生物だからね。寄生というと言葉は悪いが、もう十年も共生してるんだからそれほど問題はないと思うよ。だが、今回の怪我《けが》はあまりよくないな。あいつ、今だいぶ調子が悪そうだろう。ちょうど、寄生してるあたりに傷がいってるから、エニシテ本人よりも、そっちの魔獣のほうの治りが悪いんだろうな。寄生している魔獣は宿主から栄養をとって治すから、その分エニシテが消耗するんだ。寝てばかりいるのに食欲旺盛《おうせい》なのはそういう理由だ」

「そんな……」

「大丈夫だよ、確かに治りは悪いが、ゆっくりよくなってる。無理しないでしばらく養生してれば元に戻るさ。君も見張っててくれよ。あいつ、じっとしてられないたちだからな……」

後半は独り言のようなぼやきになっていく。なんだかんだ言いつつ、ヴィーシャはエニシテが心配でならないらしい。

「ヴィーシャは、エニシテと古くからのお友達なの？」

シリンは気になっていたことを尋《たず》ねた。

「私が帝国からソグディスタンに来た時に、最初に世話になったんだよ。あまりこちらのことは知らなかったから、エニシテが手助けしてくれなかったら大変だったと思う」

「……翰林院にいたって……。勉強も大変だっただろうし、せっかくのエリートなのに、どうして……」

ヴィーシャは肩をすくめた。

「合わなかったのさ、あそこでの生活が。私が翰林院に入ったのは、火の時代の未だ知られざるテクノロジーを知りたかったからだ。市井《しせい》では手に入らない遺産や、研究設備や、人類の英知ともいえる賢者の書もある。だが、実際は……」

ヴィーシャはそこまで言って、何かを思い出したのか、首を振った。

「あそこでの研究結果は、最終的には帝室の、そして軍のほうに送られるんだ。私がしていたことが最終的には人を傷つけるのかと思うと、ばかばかしくなったのさ」

翰林院に入るには、苛烈な試験をくぐり抜けなければならないという。口ではさらりと言っているが、その決断は簡単ではなかっただろう。

「わたしも、旅の途中でジーマに……帝国に滅ぼされた町を見たの。エニシテの故郷は、水が流れ込まなくなって干上がったっていうし、どうしてそんなにひどいことができるのかな……」

「ゲルミリア帝国の元となった国は、北の小国で、寒さの厳しいところなんだ。辺境諸国連合の中でもとりわけ貧しい国だったっていう。だが、ある男が、火の時代の遺産を手に入れ、それを元に商売を始め、大成功を収めた。それは一国の財政をもしのぐほどで、最終的には旧帝室の姫をめとり、ゲルミリア朝を開いた。その男は後年始祖帝と呼ばれるようになった……」

ヴィーシャの声は洞窟内に響いた。洞窟内はからりと乾いており、ヴィーシャの持ち込んだ明かりで周囲は照らし出されている。

「始祖帝は、貧しい小国の中でも、ひときわ貧しい家に生まれて、たたき上げで成り上がったといわれてる。その過程で、力あるものだけが生き残るという教訓を得たらしいよ。それが脈々と受け継がれているのが、今のゲルミリア帝国の有様だ」

帝国で暮らしてきたシリンには、納得のいく答えだった。身分制で区切られた生き方は、まさに力あるものの存在を見せつけられるものだった。

「わたし、それが正しいとは思えない。誰かを踏みつけにしなければいけない生き方は、結局誰も幸せにしないと思うの……」

シリンはつぶやいた。

「ねえ、ヴィーシャ。エニシテが盗んだ水の剣《ラヴィーナ》で、本当に湖は取り戻せるの？　話を聞いていると、海みたいな大きな湖だったたっていうけど、小さな剣一本で何ができるの？」

「それについては、私も懐疑的だよ。正気の沙汰《さた》とは思えないな。だが、本当に手に入れてしまったし。でも、エニシテが湖にこだわるのもわからないでもないんだ……」

ヴィーシャはため息をついた。シリンは思わず尋ねた。

「何があったの？」

「私も詳しくは知らないが、湖が干上がったせいで、故郷に魔獣が出没するようになったそうだよ。綺麗《きれい》な水や植物というものは、それだけで魔獣を寄せ付けないんだ」

「そういえば、チェイダリでは魔獣なんて見たことがなかった……」

「故郷の湖が干上がって砂漠化が進んだ。そして、出没した魔獣に家族が襲われて、その時に腕が……」

「……そんなことが……」

二人は黙り込んだ。

「とにかく、今は体を治すことに専念してもらいたいものだよ。まあ、当分義手を返すつもりもないから、無理もできないだろうが」

「もう直ってるの？」

「微調整は必要だがね。あいつの人生にも休養が必要なのは間違いない」

温泉の出るオアシスの町には様々な人が立ち寄り、また去って行く。湯治に訪れる人もいるし、古くから先祖代々根を下ろしている者もいれば、流れ着いて住み着く者もある。であれば、様々な人種が集《つど》っていて、シリンは特別目立つ存在ではなかった。チェイダリの街では、奇異の目で見られた白い髪や赤い目も、カエサレアにあっては、周りの人に紛れてしまう。シリンにとって、ほかの誰かと変わらずに扱われるのは初めてだった。ヴィーシャの使いで修理された機械を届けに行くと、ありがとうと感謝される。時にはミントのお茶を飲んでいけと声をかけられたりもする。

夜は三人でご飯を食べた。ヴィーシャは何かを作るということが好きらしく、料理もなかなかのものだった。だいたいは帝国風の料理で、ビーツを煮込んだスープや、炒《いた》めた挽《ひき》肉《にく》を中に入れた揚げパン、ふかした芋《いも》をつぶして刻みピクルスやタマネギを混ぜたサラダなど、かなり手がこんでいる。時々手に入る、川でとれたマスのグリルもご馳走《ちそう》だった。新鮮ならば、生のまま切り身にして、薄切りタマネギやレモンを添えて食べる。心を許した者と食を共にする時間は満ち足りたもので、チェイダリで量の少ない冷たい食事を食べていたことを思うと、夢のように楽しかった。

「ヴィーシャは料理うまいよなあ。店開いたら？」

ペリメニという、小麦粉を練った皮で挽肉を包んで茹《ゆ》でたものをぺろりと平らげながら、エニシテは言った。ヴィーシャはせっせとおかわりをお皿によそう。

「料理の店を開いたら、遺跡もぐりができないじゃないか」

料理はあくまで趣味で、火の時代の遺産を探して研究するのがヴィーシャの本懐らしい。食後にチーズのおやきに蜂蜜《はちみつ》をかけたデザートまで食べた後、エニシテは寝室に戻っていった。

食事の後の片付けを手伝っていると、ふと、ヴィーシャが尋ねてきた。

「遺産といえば、エニシテの水の剣はどうなってるんだ？」

「……うん。わたしが持ってる。触るのが怖いから、預かっててって言われたの」

「盗んでおいて、怖いっていうのも変な話だな」

「義手で触れれば平気だけど、生身の部分があれに触ると、すごく痛いんだって。わたしはなんともないけど、ほかの人は触れたところが凍ってしまうの」

「一体どういう仕組みなんだろうな」

「もし見たいなら、ここにあるけど……」

シリンは肩からさげた革の鞘《さや》から水の剣を取り出した。いつも肌身離さず持ってはいたが、取り出すのは久しぶりだった。

「……なんだか、小さくなってる気がする……」

両手で持てる長さの握りに、優雅な彫りの入った鍔《つば》。その先にひらめく刃は透明で、長さはわずか二十センチほどになっていた。

シリンは、チェイダリを出る時に、水の剣で、神殿地下の水を凍らせたことを話した。

「ふむ……。触れた水分を連鎖的に凍らせるってことか。それなのにシリンは触っても凍らない」

ヴィーシャは、料理の時に使う金属のトングを持ってくると、それで水の剣を挟んで、ためつすがめつ眺め入った。それから剣を挟んだまま竈《かまど》の前に行って、水の剣を火であぶり出した。シリンはぎくりとした。

「ねえ、エニシテが死ぬ気で手に入れたのに……」

「いいから任せろ。壊れたら直すから。直すのは得意だから」

水の剣の刃の部分は、火であぶられてみるみる溶け出した。まるで氷が溶けるように。

「ちょ、ちょっと、刃がなくなっちゃったよ!?」

「だから、直せるって言ってるだろ。なるほど、これは……すごいな。常温の氷……氷の同位体か」

ヴィーシャは残った柄《つか》の部分をじっと見つめながら言った。

「直せるって……ヴィーシャは触れないのに」

「シリンが直せるから大丈夫だよ」

ヴィーシャは、一度柄の部分をテーブルに置いて、水を壺《つぼ》に汲《く》んで持ってきた。

「シリン、これを柄の部分を持って、その先を水につけてくれるかな。そして、さっきの剣をイメージする」

「……うん」

テーブルにしばらく置かれていた柄はすっかり冷めていた。柄を手に取り、壺の中の水に鍔の部分を浸す。揺れる水の感触が柄を通じてシリンに伝わる。脳裏に剣の姿を思い浮かべると、わずかな振動を感じて、ぱちんとはぜるような衝撃が走る。

壺から柄を引き上げると、そこに透明な刃ができ上がっていた。

「……すごい」

「たぶん本来は剣じゃないんだ。この柄の部分が本体で、氷の同位体を作る装置になってる」

「氷の……？」

シリンは、訳がわからず、ヴィーシャを見た。

「翰林院の書物で読んだことがある。特別な氷の結晶体を作る装置があるとね。通常の氷は摂氏〇度で固体になるが、その装置を使うと、通常気圧下で、融点《ゆうてん》が三十七度の氷を作ることができる」

「三十七度で融《と》ける氷ってこと？」

「そう。三十七度で融ける氷……別名、『メルブの水晶』。この装置を使うと、水を凝固させて、『メルブの水晶』を作り出すことができる。そして、そいつは、通常の水に接触すると、連鎖反応的にメルブの水晶として凝固させる働きを持つ。つまり、凍らせるんだよ」

「エニシテや、ほかの人が、水の剣に触った時に体が凍ったのも、そういうこと？」

「そう、普通の人間は、七十パーセントが水分だというから、触れば、たちどころに凍る。逆に、水分のない義手ならば凍ることはない。エニシテが義手で触れば扱えるのもそういう理由だ」

「じゃあ、わたしは？　わたしはどうして水の剣を扱えるの？」

「メルブの水晶は、融点が三十七度。君はジャンスー族だね？　ジャンスー族は体質が特異で、平熱が三十八度だったといわれてる」

　思いもかけないことだった。

「つまり、平熱が普通の人より高いから、凍らないってことなの？」

「たぶんね。だから、あらゆる生命を凍らせる呪いなんていうのも眉唾《まゆつば》だ。平熱が四十二度ある鶏《とり》は凍らないと思うよ」

　そういえば、手をつないでいると、エニシテがよく言う。シリンはあったかいな、と。

「でも、砂漠はすごく暑くて、三十七度以上になってたと思うけど、融けてないよ」

「三十七度になったからって、すぐさま融けるわけじゃない。普通の氷だってそうだろ。氷室《ひむろ》に入れておけば、半分ぐらいは融けるかもしれないが、夏まで氷を保存できる」

「……そっか。小さくなった気がするのは、少しずつ融けたってことなのね」

　シリンはあらためて剣を見つめた。

「ねえ、でも、この剣は触れた水をメルブの水晶に変えてしまうんでしょう？　だったら、すべての水がメルブの水晶になっちゃうんじゃないの？　たとえば、水の剣を触った人も、血管を通って身体の大部分が凍っちゃうの？　それって大変なことじゃない？」

「それはないよ。そもそも、メルブの水晶っていうのは、本来は通常の気圧下では自然に存在しない。水のままのほうがずっと安定してるんだ。だけど、この水の剣は、分子の配列を変えることでメルブの水晶を作り上げることができる。水の剣に接触しているメルブの水晶は、剣が伝える配列変換の力で連鎖反応的に水を凝固させる。ただのメルブの水晶単体では凝固の連鎖反応をおこす力はごく弱い。まあ、水が長く接していればメルブの水晶に変化することはあるだろうが」

「ふうん……」

「とにかく、その『剣』は、あらゆる水をメルブの水晶に変化させることができる。もちろん、メルブの水晶を水に戻すことも。最後に使った人物が、剣の形でメルブの水晶を作り上げたから、『水の剣』として伝わることになったんだろう」

シリンは改めて水の剣を見た。恐ろしい、呪われた剣だと思われていた剣は、ふたを開けてみれば火の時代の技術で作られた装置だったのだ。

「エニシテは、これの正体を知ってるの？　知った上で、湖を取り戻すって言ってるの？　どうやって……」

「私にも、あいつがどういうつもりなのかわからないよ。無理をしてほしくないんだが」

ヴィーシャはため息をついた。本当にエニシテを心配しているのがわかった。

「ヴィーシャは、エニシテが好きなのね」

「君ほどじゃないだろ」

ヴィーシャはさらりと言った。シリンとエニシテの仲は、当然のようにヴィーシャに知られていたけれど、面と向かって言われると少し気恥ずかしかった。

「けど、君がエニシテと一緒にいることで、少しでも前向きになってくれるといいと思っているんだ。あいつ、基本的にへらへらしてるけど、崖っぷちまで全速力で走ってくようなところがあるからなあ」

わからないでもなかった。

「前に言ったんだ。もしも湖を取り戻しても、家族が戻ってくるわけじゃない。夢みたいなこと言ってないで、現実的になったらどうだって」

「そうしたら、なんて答えたの」

「『ヴィーシャの言っていることはわかる』」

ヴィーシャは、思い出すようにメガネの奥の目を細めた。

「自分が不毛なことをしているのを、奴はわかっているんだ。わかっていても、そうするというなら、私ができることは何もないよ。せめて、あいつが助けを求めてきた時に、手をさしのべることぐらいしか……」

「……うん」

寝てばかりいたエニシテだったが、一週間も経《た》つとだいぶ調子も上向きになったようで、昼間はシリンと市場に買い出しに行ったり、散歩に出るようになった。運動にならないから、と、こむぎはいつも留守番だった。

カエサレアは、週に何日か市場が立つ。シリンは元々は全くお金を持っていなかったが、ヴィーシャが仕事を手伝ったお駄賃をいくらかくれたし、エニシテは魔獣師をしているからそれなりにお金はあるようで、市場で何か欲しいものがあったらひょいひょい買ってくれた。

「わっ、これ、酸《す》っぱいんだね」

白くて甘そうに見えた丸いお菓子を一口食べて、シリンが目を白黒させていると、エニシテは笑った。

「クルトだね。乾燥ヨーグルトなんだよ。甘いのなら、こっちを食べたほうがいいよ」

それは砂糖をまぶしたピーナッツで、虫歯になりそうに甘い。ほかにも、市場で売っている干しあんずのクルミ詰めや、乾燥メロンといったおやつを物珍しくあれこれ二人でつまむのは、この上なく楽しかった。エニシテは、以前この町に住んでいたことがあったようで、時々市場の人に声をかけられたりもした。蜂蜜を売っている屋台で、太ったおばさんがエニシテに手を振った。

「あら、エニシテ、久しぶりね。戻ってきたの？」

「うん、ちょっと怪我して、ヴィーシャのところで療養中。あ、俺の彼女紹介しておくね、シリンっていうんだよ、可愛《かわい》いでしょ」

「エニシテ！　わざわざ言わなくても……」

「なんで？　事実だろ」

「なんだかほほえましい痴話《ちわ》げんかだねえ。まあ、飴《あめ》でも食べていきなさいよ」

そう言って、おばさんは、蜂の巣を固めた飴をくれた。

「そういやエニシテ、エミネのところには行ったの？」

手をべたべたにして飴をかじっていたエニシテは、その言葉を聞いて動きを止めた。

「……うん。時々ね」

エミネ、とはエニシテの亡くなった妹の名前のはずだった。シリンはどきっとした。

「そう。あの子も、かわいそうにねえ……。もちろんあんたも大変だろうけど」

「俺は大丈夫だよ。じゃあね、おばさん。飴ありがとう」

エニシテはそう言って歩き出した。

「……エニシテ、妹さんのこと……？」

シリンが声をかけると、エニシテは小さく答えた。

「うん。まあね……」

この近くにお墓があるのだろうか。

けれども、それ以上何か聞けるわけもなく、エニシテも何も言わなかった。

それから数日後のことだった。ヴィーシャに頼まれたおつかいが早く終わったので、いつもより早く庭に行くと、エニシテがいなかった。どこに行ったのだろう、と思っていると、こむぎが庭を所在なくうろついていた。

「ねえ、こむぎ、エニシテがどこに行ったかわかる？」

こむぎは、シリンの言葉がわかるかのように首をすり寄せてきた。

ヴィーシャの工房から鞍を持ってくると、こむぎの背に毛布を掛けて、鞍を置き、腹帯をぎゅっと締める。シリンが鞍に乗ると、こむぎは町とは反対の方向に歩き出した。

今まで行ったことのない道だった。ナツメヤシの林を抜けて、茶色の岩肌の山道を行く。ごろごろと石の転がる山道を登り、しばらくすると、山の中腹に洞窟らしきものが見えてきた。洞窟といっても自然のものではなく、人の手が入っていて、なにかの施設になっているようだ。入り口にはコビトヤシの繊維を編んで作られた扉があり、施設名が刻まれた石碑《せきひ》もあるが、ソグディスタンの言葉で書かれていてシリンには読めなかった。

こむぎから降りて扉を開けると、中は壁も床も石灰石《せっかい》で綺麗に内装を整えられた小広間になっている。発光石が壁の各所に置かれて、室内を照らしていた。

「どちら様?」

入り口にいた老女に声をかけられて、シリンははっとした。

「……あの、エニシテがここに来ていないかと思って……」

「ああ、エニシテの知り合いなのね。エミネに会いに来たの?」

シリンはどきりとした。エミネといえば、エニシテの妹のはずだ。では、エミネはここにいるというのだろうか。亡くなったはずではなかったのか……。

けれども、内心の動揺を抑えて、シリンは尋ねた。

「会えますか」

老女はさして疑うこともなく、シリンを内部へと案内してくれた。

小広間の先にも内装が整備された空間は広がっていて、かなり広いようだ。発光石に照らされた廊下をしばらく行き、部屋の一つに案内された。

「ここよ。エニシテ以外は誰も会いに来ないから、エミネもきっと喜ぶわ」

老女はそう言って元来た道を戻っていった。

扉の中は小さな部屋になっていた。清潔な白い部屋で、寝台が一つ置いてある。そのそばに、エニシテが座っていて、シリンの姿を認めると、驚いたように目を見開いた。

「シリン、どうしてここに……」

「こむぎが連れてきてくれたの。エニシテ、ここは……？」

シリンがエニシテのもとに近寄ると、寝台に女性が寝ているのがわかった。癖のある黒い髪に縁取られた面差《おもざ》しは、どこかエニシテに似ている気がした。

「……紹介するよ。エミネだ。妹だよ」

エニシテは静かに言った。

「だって、妹さんは……」

「俺の知ってる妹はもういないんだ。エミネは、虹染《こうせん》病に罹《かか》って、もう何年も眠ったままだ。ここは、その療養所だよ」

虹染病は、チェイダリの周辺ではほとんど発生しない病気だ。ジーマの妻が罹って亡くなったことは知っていたし、そういう病気があることは知っているが、具体的にどんな病気かも知らなかった。

「前も話したよね。虹染病は、イルダリヤ湖が干上がってから流行した病気だ。人間の視神経にのみ感染するウイルスが原因なんだ。このウイルスは、虹染病が流行《はや》る前からあったらしい。これまでは特に悪さをしないで視神経で不活性化していたみたいだ。問題になったのは湖底に沈んでいた汚染物質が空中に舞うようになってからだ。この汚染物質が光《ひかり》触媒《しょくばい》になってウイルスを活性化させる。だから、太陽光の下でだけ感染するんだ」

洞窟の療養所から帰って、いつものナツメヤシの木陰で、午睡用の長いすに横になったまま、エニシテは話してくれた。

「一番最初の症状は、目が虹《にじ》色にきらきら光るんだ。とくに少し暗いところでね。しばらくすると、時々手が震え出す。それが両手に広がって、次第に動作が鈍くなっていくんだ。目が覚めていても、動けなくなる。そして、最後は、眠りにつく。そして、目覚めないまま亡くなっていく……」

エニシテは訥々《とつとつ》と語り続けた。

「虹染病は個人差がかなりある病気だ。罹ってすぐに亡くなる人もいるし、ずっと眠ったままの人もいる。中には進行がゆっくりで、何年経っても普通に生活できる人もいる。一つ言えるのは、緑や水の多いところでは進行が遅くなるんだ」

「……そういえば、チェイダリでは、虹染病に罹る人はほとんどいなかった……」

「あそこは、エヴィで守られてるし、ちょっと特別ではあるけどね。でも、そういうことがわかったのは、ずっと後のことだ。当時は、謎の眠り病が発生したとしかわからなかった。人間だけが感染して、ほかの動物はなんともないなんて、奇妙な病気だよ。たぶん、火の時代に人為的に作り出された病なんだろうな……」

「……妹さんは、もう何年も、あそこにいるの？」

「うん。家が魔獣に襲われて、妹と二人きりになってしまったけど、しばらくは寝たきりだったから、妹が生活を支えてくれたんだ。で、俺がよくなったぐらいに、エミネが感染してしまってさ。虹染病の原因も曖昧で、まだゴーグルも普及してなかった頃だよ。みんなばたばたと亡くなっていった。妹を助けたくて、でも俺もまあ、こんな有様だから一人ではどうしても面倒を見きれないし、いろいろ療養所を探して、あそこで預かってもらってるんだ。ここは水の多いオアシスだからね。よくしてもらってるよ」

「ずっと、眠ったままで……」

「そう。幸い、病状は進行してない。でも、元のエミネに戻ることはない。エミネは……いなくなったんだ」

エニシテはそこまで言うと、風に揺れているナツメヤシの葉を眺めた。

「俺の身の上話って、湿っぽいんだよ。だからあんまり話したくないんだよなあ……」

シリンは、目の前がかすむのを感じた。涙がこぼれた。そのせいでゴーグルが曇《くも》ってしまった。

「なんだよ、シリンが泣く必要ないだろ」

「……だって……」

「特別なことじゃないんだ。俺みたいな境遇の人間は、たぶんいくらだっている。ただ、俺が人一倍執念深いから、いろいろなことがあきらめきれないんだ」

「……そういうひとがいっぱいいるからって、それで辛《つら》さが紛れるわけじゃないでしょう?」

「シリンは優しいな。頼むからここでゴーグル外さないでくれよ。もう身内に虹染病はいてほしくないいんだ」

エニシテはシリンの頭をぽんぽんと叩いた。

その晩、シリンは、暗黙の森を抜けて以来、エニシテの肩の傷を初めて見た。チェイダリで彼を介抱した時は、義手をつけていたし、ちらりと見ただけだったけれど、こうして間近で見れば残った傷の痛々しさは、見ているだけで辛くなるぐらいだった。なめらかに引き締まった右腕が均整のとれたものであるがゆえに、左肩のむごさは際だった。

「……痛い?」

エニシテはうなずいた。

「君だけが、俺の傷を気にかけてくれた。とても痛いよ。でも、君が触ると、楽になるんだ」

傷跡にそっと触れると、そこは汗でしっとりと湿っていた。

「わたしには、エニシテの痛みがどれくらいなのか、想像することしかできない……」

「人の痛みは、見えないし、感じることもできないよ。だから、そうやって気づいて、考えてくれる人がいると、救いになることがある。シリン……」

エニシテはそう言ったあと、シリンの首筋に顔を埋《うず》めた。縋《すが》るように。

彼がシリンに触れ、求めるものの大きさに、圧倒され、翻弄《ほんろう》されながらも、その底にはいたわりがあり、ぬくもりがあるのがわかった。

「……シリン。君に出会えたから、まだこの世は捨てたもんじゃないって、そう思えるんだ……」

エニシテはつぶやいた。

シリンがエニシテと肌を合わせ、その痛みを和《やわ》らげることができたとしても、彼の中の空洞を埋めるにはきっと足りない。水の剣で湖を取り戻すという、夢のような話にすがらざるを得ないほど、彼の失ったものは大きいのだと、シリンにはようやく理解できたような気がした。

「……エニシテ……」

シリンはエニシテが与えてくれたものを思った。

初めて見る砂漠の旅。満ち足りたカエサレアでの日々。見た目や身分で差別されることもない場所での暮らしは、人としての尊厳を取り戻させてくれた。そして、愛する人と共にいる喜びと、愛される幸せを初めて知ることができた。

もし、エニシテが水の剣を盗みに来なかったら、いまでもチェイダリで働いていたのだろうか。それとも、ジーマの勧める結婚をして、見知らぬ誰かと暮らしていたのだろうか。

「……わたしも、あなたに会えてよかった」

シリンのささやきは、夜の闇《やみ》の中に溶けていった。


それからも、ゆるやかにオアシスでの日々は過ぎていった。

エニシテは日に日に元気になってゆき、昼間でも起きていられるようになると、シリンをカエサレアのあちこちへと連れ出してくれた。朝靄《あさもや》の煙《けぶ》る涼しい川のほとりを手をつないで歩くこともあったし、すっかり顔なじみも増えた朝の市場で食べ歩きをすることもあった。時にはこむぎに乗って遠乗りをした。町から少し離れた岩場の陰にも、ごく浅くはあるけれど、温泉の源泉があるのをエニシテは知っていて、そこで足湯をするのも楽しかった。時間を忘れて遊び歩いて、ヴィーシャに少しは働け、と叱《しか》られることもしょっちゅうだった。そして、時にはエニシテの妹のところに見舞いに行くこともあった。

毎日が夢のように楽しかったが、シリンが一番好きなのは、昼の午睡の時間だった。

街中がいっときの眠りにつく静けさの中、エニシテの隣で昼寝をするのは心地よかった。ナツメヤシの木陰でまどろんでいると、世界に二人きりでいるような錯覚に陥《おちい》る。うつらうつらしていると、エニシテは時々シリンの髪を優しくなでてくる。その感触が好きだった。

ある日、浅い眠りの中まどろんでいると、ふと視線を感じて目を開けた。

「……エニシテ？　どうしたの？」

「これ、君の髪飾りだろ。洞窟で、君の髪から落ちてきたんだ。返しておくよ」

差し出された手のひらを見ると、それはジーマからもらった白い髪飾りだった。

シリンはそれをじっと見て、それから言った。

「……ジーマにもらったの」

「うん、そうじゃないかと思った。大切な物なんだろ」

「……でも」

「よく似合ってる。せっかくだから使えばいいよ」

「……だけど」

「メタノフ少佐が気にくわないのは今でも同じだけど、シリンにとって大切な人っていうのはわかったからさ。それに、あいつがシリンを助けたから、俺たちは知り合えたわけだし」

エニシテの手のひらから、ころりと転がり落ちてきた髪飾りを受け取って、シリンは胸が締め付けられるような気持ちになった。

「エニシテ……。エニシテ、わたし、エニシテが好き」

それを聞いて、エニシテは少しだけ笑った。

「うん。俺もシリンが好きだよ」

「本当に好き。エニシテを……好きでよかったと思う」

抱きついて、両腕いっぱいにしがみついた。エニシテはそれを片腕で受け止めてくれた。

ヴィーシャがエニシテに機械化義手を返してくれたのはその晩だった。

「久しぶりだから変な感じだな。バランスがとりにくい」

「とっておきの小型の縮退炉を使って修理したんだ。あとは慣れだ」

「うん。ヴィーシャ、ありがとう。おかげで魂《たましい》の洗濯ができたよ」

「これで、私がこっちに来た時に、おまえに世話になった恩は返したからな」

「ああ、そんなこともあったよね。これであいこだ」

　エニシテはそう言って笑った。

「それで、おまえ、これからどうするんだ」

「行くよ。水を取り戻しに」

　ヴィーシャはエニシテをじっと見つめた。

「水の剣は一度シリンに見せてもらったよ。あれでどうやって水を取り戻すんだ？」

「ちゃっかりしてるな、いつの間にか水の剣を見てるなんて。そう、あれは常温の氷……メルブの水晶を作る装置だ。逆に、常温の氷を水に変えることもできる、と俺は聞いた。クルカレに、莫大な量のメルブの水晶が埋蔵《まいぞう》されている。それを水に変えるんだ」

　クルカレからクロライナに渡る周辺には、水源の多くを掌握《しょうあく》する帝国のせいで流れを変えられ、涸《か》れた地下水路が縦横に巡っているという。その終着地点はイルダリヤ湖だ。

「つまり、メルブの水晶を水源に変えるということか？」

「そう。以前からおかしいとはいわれてたんだ。クルカレ周辺もバスキル高原の端にあるのに、あのあたりだけ川がないんだ。水源の水っていうのは、たいていは山に降った雨や雪の溶けたものだ。それなのにソグディスタン側のクルカレだけに川がないのは、降った雨や雪解け水が、地表に出たメルブの水晶に触れて自然発生的に常温の氷になっているせいらしい」

　そういえば、ヴィーシャがメルブの水晶に水が触れることで、変化することがあると言っていた。

「そうやってできたメルブの水晶は、砕けて周辺に散り、使われることなく蒸発してしまう。けど、あの周辺のメルブの水晶を水に変えれば、そういうこともなくなり、川ができて永続的な水源になり得るんだ」

　ヴィーシャとシリンは息をのんだ。

「エニシテ、そんなことまで調べてたの？」

「水の剣の伝説を何年も聞き集めていくうちに、そういう結論に至った。でも、たぶん、間違いないと思う」

「大胆な仮説だな。だが、水の剣で莫大な量の氷をすべて水に戻せるのか？　それに、すべてがうまくいって水が戻ったとしても、イルダリヤ川からの流れはないわけだから、イルダリヤ湖を元のように水で満たすには何年、何十年もかかるぞ」

　ヴィーシャの言葉に、シリンは思わず声をかけた。

「やってみようよ。ダメで元々なら、失敗したっていいじゃない。わたし、できることは何だってするから」

シリンは、今はエニシテの心の傷がわかる気がした。得られないとわかっていても、失ったものを取り戻そうと、動かずにはいられなかった日々があったのだと。

「ヴィーシャが言うこともわかるんだ。だけど、やれることをやりきったら、それでようやく前を向けるような気がするんだ……」

ヴィーシャはむっつりと黙り込んだが、しばらくして口を開いた。

「おまえって馬鹿《ばか》だよな。非効率的でつきあいきれない」

「ヴィーシャだって、俺たちみたいな穀潰しを居候させるくらいだから、効率最重視ってわけでもないだろ」

「……ふん。おまえみたいなのにつきあってたら、無駄を意識しなければやっていけないさ。行けばいい。けど、うまくいかなくても、私に泣きついてくるなよ」

「そうならないように、頑張るよ」

翌朝、ヴィーシャが庭で植物の手入れをしていたので、シリンは声をかけてみた。

「ヴィーシャ、今までありがとう。わたしもエニシテも、助かったよ」

「別にかまわんよ。シリンにはいろいろ手伝ってもらったからな」

ヴィーシャはそう言って緑の灌木《かんぼく》を眺めた。時間が早いので、葉の先に朝露《あさつゆ》がきらきらと輝いていた。

「これ……ぜんぶ砂漠でも生えるのね。たくさんある」

「昔、大切な人にもらった種が元なんだ。砂漠のような過酷な環境でも育つ強さを持つ。何年もかけて品種改良したのもあるしな。これを砂漠に植えることで緑化がすすめば、汚染物質の飛翔が減り、虹染病を抑えることができるかもしれない」

「ヴィーシャってすごい。そんなこと考えたこともなかった」

「エニシテのほうがとんでもないさ。私は古くからある砂漠への対策を考えているだけだ」

ヴィーシャはサクサウールの葉をなでた。

「シリン、エニシテを頼むよ。あいつを止められないのはもうわかった。だが、もしもうまくいかなくても、それで終わりじゃない。時間はかかるが、こういった方法もあると、わかってほしいんだ」

「……うん。エニシテは幸せだね。ヴィーシャみたいな友達がいて……」

エニシテの前ではいつもぶつぶつ言っているが、ヴィーシャの思いやりは深かった。

「それからね、シリン、これを持っていくといいよ」

手渡されたのは拳銃《けんじゅう》だった。シリンはどきりとした。シリンでも扱えるような大きさで、黒光りする鉄の色が深かった。

「わたし、怖い。銃は、あんまり……」

「使わなくてもいい。何かあった時のために持っていたほうがいい。水の剣はおいそれと使えるものではないし、エニシテの持ってるような大物は、小柄な人間には少々扱いづらい。これはアドロフ社の三十二口径のダブルアクション、通称コーネフ32。威力はそこそこだが、反動はさほど大きくないから扱いやすい。弾は虚数弾を入れてあるから、多少狙《ねら》いが外れても追尾してくれる」

「虚数弾って、貴重なんでしょう」

「知ってるのか。そうだな、遺跡で発掘したものだから、滅多に手に入るものじゃない。見つかったら、たいていは軍に回されてしまうしね」

「そんなに威力のあるものなの」

「これも、火の時代の遺産だから、現在では生産できないからな。虚数空間のエネルギーをこちらに引き込むことで、質量保存の法則を守ったまま、莫大な威力を得ることができる。そんなちっぽけな拳銃の弾でも、大型の魔獣を一発で屠《ほふ》れるくらいの威力がある。どの国も、のどから手が出るほど欲しがってるよ。まあ、お守りに持っていればいいさ。いざとなれば闇市で売ればそれなりの金になる。メンテはエニシテにしてもらえばいい」

シリンはコーネフ32を見つめた。つめたくてずっしりと重い。ふと、ヴィーシャがシリンの髪に目をとめた。

「……おや。シリン、その髪飾りはエニシテにもらったのか？」

「これ？　……そう、ともいえるのかな……」

シリンはあやふやに答えた。元はといえば、ジーマにもらったのだが。

「なんだ、あいつもちゃんと先のことを考えてるのか。まあ、それはいいことだ。よかったな、シリン」

ヴィーシャが一人で妙に納得したようにうなずいた。

「何のこと？　これになにか特別な意味でもあるの？」

「帝国では、白羽獣の骨で作った宝飾品は求婚の印だ。エニシテはソグディスタンの出だから知らないかもしれないが、自分で買ったなら、店の者に聞いてるはずだよ」

思いもかけない言葉に、ヴィーシャを呆然《ぼうぜん》と見返した。これはジーマにもらったものだ。それをエニシテが返してくれた。店で買ったわけではないから、エニシテはこの髪飾りが意味することを知るわけがない。それでは、ジーマが求婚？　……そんな馬鹿な。

シリンの表情を勘違いしたのか、ヴィーシャは笑い出した。

「なんだ、知らなかったのか？　おめでたいな」

「あの、違うの、でも……」

どう説明していいかわからずにいると、ヴィーシャは一人でうなずいている。

「まあ、知らなかったら驚くよな。とにかく無事に戻っておいで。帰ってきたら、その時はきちんとお祝いをしよう」

結局、シリンは何も言い出せないままだった。


エニシテとシリンは翌日にカエサレアを出発した。移動手段としてはおそらくヴィーシャの自動車が一番速いのだろうが、その存在を周囲に知られるわけにはいかないのと、一部山岳地帯も通る悪路なので、今回もこむぎに乗っての移動となった。

カエサレアからクルカレまでの直線距離はさほどでもないが、高低差のある道になるので移動に時間がかかる。また、その道のりは、広大な荒野が大半を占めた。文字通りの砂漠で、これまでで一番水の気配を感じなかった。だが、エニシテとの旅路ならば、辛くはなかった。

「昔はこのあたりにも地下水路が通っていて、ぽつぽつオアシスがあったんだ。でも、帝国が上流の流れを変えたせいで、地下水路が全部涸れてしまった。みんないなくなってしまったな……」

夜、その日の移動を終えて、食事をしながらエニシテが言った。カエサレアから持ってきた乾燥果実がたくさんあるので、旅の道行きにしては豪華な夕食だった。

「砂漠って、川は少なくて、だいたい地下水路が通ってるよね」

「地上を流れる川だと、地面に吸い取られたり、水が蒸発してしまったりして、下流に行くまでに自然消滅してしまうんだ。イルダリヤ川くらい大きければ別だけどね。だから、昔の人が大変な労力をかけて地下に水路を作った。地下なら水が蒸発することもないし、あちこちに水が行き渡る。周辺に住んでる人が、定期的にメンテナンスもして、何百年も何千年も大事にしてきたんだ。このあたりも、網の目のように地下水路が通っている。それも、水の流れが変わってしまったから、ただの空洞になってしまってるよ」

帝国にも言い分はあるのだろう。シリンもチェイダリでは水が貴重だと思うこともなかった。だが、こうして荒廃した大地を見ると、帝国のしていることが正しいとは思えなかった。ジーマは、こういったこともわかっていたのだろうか……。

シリンは久しぶりにジーマのことを思い出していた。ヴィーシャに髪飾りのことを指摘されたからだろう。しばらく髪飾りの意味することを考えたが、ただのジーマの思い違いだという結論に至った。妻を亡くしたばかりだし、帝国でも有能な軍人が二級市民を相手にするはずもない。

「シリン、何考えてるの」

ふとエニシテが声をかけてきた。シリンはどきりとした。

「……帝国の……」

「メタノフ少佐のこと？」

「……どうしてわかったの？」

「シリンがあいつのことを考えてる時は、いつも同じ表情になる」

「深い意味はないの。ただ、砂漠化についても知ってたのかなって思って」

「いいよ。別に気にしない。過去の男は手出しできないからね」

「そういうんじゃないってば。そういうエニシテだって、きっと今まで何人も女の子を好きになったことあるんでしょ？」

「内緒」

「えー、そんなのずるい」

「今はシリンだけだよ」

笑い合ってから、エニシテはシリンの口の中に、干しあんずをほうり込んでくれた。それはあまずっぱい太陽の味がした。

それからさらに四日かけて、二人は荒野を行った。水源が少ない地帯なので、井戸のある道を行くと、自然と遠回りになる。低地は草も生えない荒野だったが、標高が上がるごとに緑が増えていく。それというのも標高が高いほうが雨が降るからだという。雨が降れば、緑は一斉に芽吹き、見る間に荒野を緑の沃野《よくや》に変えていく。そして、本来ならば地下水となって大地を潤していくはずなのだ。

エニシテが見えた、と言って指さしたのは、雪が積もったように見える山の斜面だった。雪が降るには気温は高く、冬に降ったものが溶け残ったというにはそこだけ白いのが不自然だった。

「あれが……」

「そう、たぶん、メルブの水晶……常温の氷の壁だ」

地形は奇妙に盛り上がっていた。水が地下で氷に変化したことで地形が隆起しているらしい。こむぎは岩だらけの荒涼とした山道を越えて進んだ。やがて、白い岩肌が巨大な壁となって二人の前にそびえ立った。エニシテが白い岩肌に沿って進むと、洞窟が見えてくる。こむぎを入り口に待たせて、二人は洞窟の中に入った。

中は不思議な明るさに包まれていた。上も下もすべてが半透明の白い壁だ。これが常温の氷だとすれば大変な量だ。そして、洞窟は明らかに人為的に作られた気配があった。

「こんなところがあるなんて……。エニシテは初めてなの？」

「水の剣について調べている時に、いろんな言い伝えの情報を集めた末に、ここに一度来たことがある。それで、きっと水を戻せるって確信したんだ。ほとんど人の来ないところだ。山をいくつも越えないと行けないし、このあたりはソグディスタンでも人が少ないところだからね。水が涸れてからは特に近寄る人も少ない。メルブの水晶には植物も生えないから、耕作も、放牧もできない。見捨てられた土地だよ」

エニシテは迷うことなく奥へと進んでいく。

「奥に何があるの」

「ここは、火の時代の遺跡でもあるんだ。そこに行けば……」

曲がりくねった道を進むと、ふいに視界が開けた。

そこは巨大な空洞だった。洞窟内にあって暗さを感じさせない白い広大な空間。壁自体がほのかに光を発しているかのようだ。そして、そこはなぜか、水の神殿の地下にあった、水の剣を封印していた水の棺《ひつぎ》の間を思わせた。

シリンが思わず見渡していると、隣にいるエニシテがふと身をこわばらせるのがわかった。どうしたのかとエニシテを見た時に、轟音《ごうおん》が響いて、目の前で火花が散った。と同時に、エニシテが何かに吹き飛ばされたように、地面に倒れ込んだ。

「エニシテ!?」

倒れたエニシテは直ったばかりの左腕を押さえている。機械化義手の肘《ひじ》関節のあたりにちりちりと火花が散っていた。

「くそ、撃たれた。メタノフ……」

シリンがその意味を理解できずにエニシテのもとに跪《ひざまず》いた時、洞窟の奥のほうでごとり、と重たげな音がした。

「ご禁制の義手をつけたまま帝国に連れて行くわけにはいかんよ」

聞き慣れた声に、はっとして顔を上げて音のしたほうを見ると、人影がそこにあった。

枯れ葉色の軍服に、制帽を被った男が、手にしていた小銃を地面に投げ捨てるのが見えた。そうして、こちらに向かって歩いてくる。

「シリン。待っていた。必ずここに来るだろうと思っていたよ」

ジーマ……ディミトリ・メタノフ少佐はそう言って、シリンに手をさしのべた。

四章　捧げられていた愛

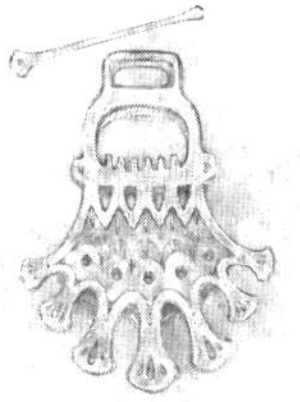

チェイダリでは目を閉じると、どこからでも水の流れる音が聞こえる。街中を巡る水路を流れる水の音、エヴィの樹に吸い上げられる水の音、水の神殿を潤す水の音。

眠りの底でも水の音は静かに低く流れ続け、目覚めると鮮明に意識の中に入り込んでくる。そして気づかされるのだ。ここは砂漠ではない。エニシテはいない。

体中が澱《おり》の中に沈み込んでいるようにだるい。それでもシリンは体を寝台から起こすと、そう広くはない部屋に、申し訳程度についている小さな窓へと歩いて外を見た。部屋は半地下にあるらしく、窓の目の前が神殿の中庭になっている。エヴィの樹の葉陰《はかげ》に揺れる日の光が中庭に彩りを添えていた。

あまりにのどかなその景色は、却《かえ》ってソグディスタンの火の時代の遺跡でのことを鮮明に思い出させた。

メルブの水晶でできたその遺跡に、ジーマはいた。シリンたちが来るのを待ち構えていた。彼には水の剣《ラヴィーナ》を手にしたエニシテが、その遺跡に向かうのがわかっていたのだ。

小隊を引き連れたジーマは、水の剣を盗んだエニシテを大罪人としてすみやかに確保しようとした。シリンはそれに大いに抵抗した。しかしながら当然かなうはずもなく、エニシテと引き離されてしまった。ジーマはシリンをなだめようとしたが、それでも抵抗したので、隔離され、あげくよくわからない薬を飲まされてしまった。

眠っている間に移動したので詳細は不明だが、目が覚めたら見知らぬ部屋にいた。強い薬だったのか、めまいと吐き気で一日苦しむ羽目に陥《おちい》り、多少は落ち着いてみれば、身ぐるみ剝がされて一人で閉じ込められていることに気がついた。ここがチェイダリの水の神殿だとわかったのは、窓の外の景色を見たからだった。

食事のみが扉の下から一度だけ運ばれてきたが、それ以外は誰も部屋に訪れないままさらに一日が過ぎた。ジーマは姿を見せない。何がどうなっているのかわからずに過ごす一日はとてつもなく長い。自身も不調だったが、それ以上にエニシテが心配だった。直ったばかりの義手は撃たれて壊れ、そのまま屈強な男たちに連れ去られてしまった。

大罪人、と呼ばれていた。帝国の処罰は厳格だ。宝を盗んだと証明されればエニシテの命はないようなものだ。どうか無事で……。

唯一残されていた髪飾りを眺めてシリンが考えに沈んでいると、ふと扉の向こうから鍵を開ける音がして、静かに扉が開いた。

「少しはよくなったかい。しばらく苦しんでいたようだけど」

「……ジーマ」

柔和な面差《おもざ》しは相変わらずだったが、シリンを見る目は厳しかった。

幼い時からシリンを守ってくれたジーマ。離れて暮らしていても、いつだって、ジーマと会う時は楽しみで仕方なかった。だが今、こうして相対してみれば、威圧感のあるその姿は、軍人以外の何者でもなく、緊張を覚える。まるで、初めて会う敵のように。

「謝罪はしないよ。あそこで手間取るわけにはいかないからね。飛行艇《てい》の使用期限も迫っていた」

「飛行艇……そんなものまで使って……」

「開発途中の飛行艇をアドロフ社から借用した。実用に足るとわかれば軍が採用する。こちらはそれなりの人数を目的地に運べる。双方にとって悪い取引ではない」

飛行艇という空飛ぶ船があることは知っていた。だが、その数は少なく、見ることはまれだ。チェイダリとクルカレは直線距離はさほど離れていないが、間に山を挟むので、そう簡単に行き来できない。飛行艇を使ったと聞いて謎が解けた。

「どうして、わたしたちがあそこにいるとわかったの」

「逆に聞くよ。シリン、君はあそこに何があると思っているんだ?」

「エニシテは、砂漠になってしまった湖を取り戻したいの。あそこにあるのは水だよ」

「おめでたいな」

ジーマはつぶやくと、部屋の中に入り、扉を閉めた。広くもない部屋に大きな体があると、それだけで圧迫感が迫ってきた。

「確かに水だ。大半は水だよ。けれど、その底にあるのは、火の時代の莫大な遺産だ」

「遺産……？」

「そうだ。帝国どころか、ソグディスタンも、サウルも、我が物にしたいと思っている火の時代の遺産。縮退炉《しゆくたいろ》もあるだろう。虚数弾もあるだろう。それ以外にも、我々の知らない、未知の遺産が眠っているはずだよ」

シリンは、ジーマの言うことの意図がつかめずに、じっと見つめた。

「あそこに火の時代の遺産が埋蔵《まいぞう》されていることを知っている者は、実は少なくない。だが、あの量のメルブの水晶を溶かすのは、現代の技術では不可能だ。水の剣を使わなければ」

水の剣、と聞いて、シリンはどきりとした。ヴィーシャが言っていたことを、ジーマは知っているのだろうか
「ジーマ、あなた知ってるの。水の剣が、メルブの水晶を溶かしたり、作ったりする装置だって」

「君が私の目の前で水の剣を使っただろう。あれが水の剣の本当の力だ。生き物を凍らせる呪いの剣なんていうのは、ただのカモフラージュだ。でも、それゆえに、秘密は守られてきた。あの剣が、メルブの水晶を溶かしうる装置だと、誰が思う？」

ジーマは一瞬考えるように言葉を切り、それから言った。

「もっとも、あの男は気がついたようだが。各地に残る伝承や、水の剣を盗み損ねた者の話をつなぎ合わせたみたいだな。……こざかしい」

「秘密……、どうして秘密にする必要があるの」

「わからないかい、シリン。大量の火の時代の遺産を手に入れるということは、世界の覇《は》権《けん》を手に入れるに等しいんだ。縮退炉の莫大なエネルギーがあれば、いくらでも新たな自動機械を作ることができる。大量の虚数弾があれば、敵対する国を殲滅《せんめつ》することだってできるだろう。おまけでこの世界をもう一度滅ぼすこともできるかもしれない。そして、今我が物顔で砂漠を闊歩《かつぽ》している魔獣《まじゆう》を操る装置さえ、あそこにはあるかもしれない。これを手に入れたがらない者がいると思うかい？　水の剣と、それを扱える者がいれば、そしてあの場所について少しでも知っていれば、あそこに行こうとするのは当然だよ。君たちの消息が私が滅ぼした町で途絶えた後、だから私はクルカレの洞窟で君たちを待っていた」

「エニシテは、そんなものを欲しがってない」

シリンは確信を込めて言った。

「ただ、故郷を取り戻したいだけ。それだって、帝国が川の流れを変えなければ、失われることはなかったのに」

「……そうなのかもしれないな。あの男が火の時代の遺産を手に入れたところで宝の持ち腐れだ。でも、メルブの水晶をただの水に変えれば、いずれ火の時代の遺産は明るみに出ることになる。やはり、許すわけにはいかない」

「許さないって、どういうこと。エニシテはどうなるの」

「何度も言うが、帝国の宝を盗むのは、大罪だ。大罪人の行く末は一つだよ」

「……それは、エニシテを……」

そこまでつぶやいて、怖気《おぞけ》が走った。だめだ、そんなことは……！

考えるまもなくシリンは身を翻《ひるがえ》していた。扉に向けて走り出そうとしたが、あっという間にジーマに腕を摑《つか》まれ、絡め取られてしまう。

「放して、エニシテを助けないと！」

「人のことを考えている場合じゃない。君もたいして変わらない罪だ！　水の剣を扱い、大罪人と帝国を抜け出した！」

ジーマの力強い手は、シリンの細い腕をぎりぎりと締め付けてきた。痛みに声を漏らさないようにするのが精一杯だ。

「君は切り札なんだ。この世でただ一人、水の剣を扱えるジャンスー族の生き残り。あのメルブの水晶を溶かせるのは君だけだ。この意味がわかるか！」

シリンはぞっとしてジーマを見返した。

「君を手に入れ、水の剣を手にした者は、あの火の時代の遺産を手に入れることができるということだ！」

「わたし……わたしにそんなつもりはないわ」

「君にその気があるかどうかは重要じゃない。君と水の剣を手に入れた者が判断することなんだ」

ジーマはそう言うと、シリンを部屋の奥のほうへと引きずるように連れていき、手を放した。

「なぜ、人がいる前で水の剣を使ったんだ？　でなければ、水の剣はただの呪いの剣で済んだかもしれない。気がついた者もいる、遺産を手に入れる可能性に」

「わたしが水の剣を使えるなんてエニシテに会うまで知らなかった。あそこで起きたことは偶然なのに」

シリンはそう言ってよろけるように寝台の上に座り込んだ。薬のせいか、ひどく気分が悪い。ジーマの言葉が、頭の中で渦《うず》巻いている。考えは容易にまとまらなかったが、一つのひらめきが、恐ろしい事実を引き出していた。

「……ジーマ。あなた、最初からすべてを知ってたの？　ジャンスー族だけが水の剣を使える。水の剣を扱えれば、火の時代の遺産を発掘できる可能性がある。あなたは、ジャンスー族を滅ぼした張本人で、そして、わたしはただ一人の生き残り。そのわたしをずっと、庇護《ひご》してた。あなたこそ、わたしを利用しようとして」

……髪飾り。今もシリンはそれをつけていた。あれが思い違いではなく、本当に求婚の印だとしたら。結婚することで、何も知らなかったシリンを思い通りにしようとしていたとしたら。

ジーマは目を細めてシリンを見下ろした。

「今さら私が何を言うこともない。君を助ける方法は一つだ。私と結婚するんだ。特級市民の特権で、罪は免《まぬが》れる。君はあの男に騙《だま》されて連れ回されたただけの存在だ」

「違う！　わたしは騙されてなんかいない。エニシテはわたしに、知らない世界を見せてくれた。わたしがどう生きたらいいか、その手がかりをくれた。そして、どうやって人を愛すればいいのか、教えてくれた」

「愛する、か」

ジーマは感情のこもらない声でつぶやいた。

「心配しなくていい。私は結婚に愛などというものは求めていない。結婚は人生で一度だけ切れる特別重要なカードだよ。アンナの死が、重要なカードを切るチャンスをもう一度与えてくれた。この機会を逃す道理はない」

「ジーマ、わたしはあなたと結婚なんてしない。わたしは」

「あの男を助けるためでも？」

シリンは息をのんだ。

「あの男はまだこの神殿にいる。司法機関に渡せば、間違いなく待っているのは死だよ。でも、君が私と結婚するというならば、助かるように口添えをしてもいい」

「ジーマ、あなた……」

シリンはそれ以上言葉を紡《つむ》ぐことができず、ジーマをただ見つめ返した。

ゲルミリアの悪鬼、ディミトリ・メタノフ少佐。それがジーマを指す言葉だとは知っていた。その意味を深く考えたことはなかった。だが、今ならわかる。こういうことだ。狡《こう》猾《かつ》な手段を使っても、目的を達成しようとする、ゲルミリアの悪鬼。

「時間はそれほどないよ、シリン。よく考えるんだ」

ジーマはそう言うと、踵《きびす》を返し、部屋を出て行く。鍵のかかる冷たい音が、扉の向こうから聞こえた。

シリンは呆然《ぼうぜん》と、その扉を見つめた。

全部、計算ずくだったのだ。一族が滅ぼされた夜に、シリンだけを助けたのさえ。オルツィヴの街で、幼いシリンと秘密の場所で遊び、懐柔し、なついたところでチェイダリに送る。あとは年に何度か会いに来るだけでいい。過酷な環境に、時折優しい手をさしのべれば、誰だってすがりつく。愚《おろ》かにも、シリンはまんまとその手に乗せられたのだ。疑うこともなく。

「……ジーマ……」

シリンは呻《うめ》いた。彼の手のひらで転がされていたとしても、その真実を突きつけられるのは、体をちぎられるように苦しかった。眠れない夜に抱きしめてくれたのも、時折遊びに来てはご馳走《ちそう》を食べさせてくれたのも、ささやかな贈り物も、すべて、偽《いつわ》り。これまで信じてきた愛情は、ただの打算の産物だったのだ。

「……ジーマ。ジーマ……！」

目の奥が痛い。のどの奥からこみ上げてくる嗚咽《おえつ》が苦しくて息ができない。空気を求めて口を開け、息を吸い込んだが、少しも楽にはならなかった。シリンは声を上げた。それは心の苦痛を体が拒絶する絶叫となり、慟哭《どうこく》となり、涕泣《ていきゅう》となった。

誰も見ることも聞くこともない神殿の片隅《かたすみ》で、シリンは泣き続けた。

地下牢は昼も夜も変わらず薄暗かった。エニシテがここに閉じ込められてどれぐらい日が過ぎたのか。もう彼にはわからなくなっていた。

神殿の地下牢の地面にはじめじめと水がしたたっている。座っていると、寒かった。砂漠のからりとした暑さが懐かしい。クルカレの遺跡で捕まって、武器はもちろん、義手も奪われてしまった。これではどうしようもない。こむぎはうまく逃げただろうか。賢いからきっと大丈夫だ。シリンが、自分よりはましな環境にあればよいけれど。まあ、メタノフ少佐がいればそれほどひどい目に遭《あ》ってはいないだろうが……。

エニシテがぼんやりとそんなことを考えていると、廊下の奥から足音が聞こえてきた。

「あんたか、メタノフ少佐」

エニシテは、やってきた軍服姿の男を見てつぶやいた。シリンの言うところのジーマであり、ゲルミリアの悪鬼でもあるメタノフ少佐は、鉄格子《てつごうし》ごしにエニシテを見下ろした。

「少しは萎《しお》れたところが見られれば、と思ったが」

「うまくいかなければ、こうなることはわかってた。帝国の宝を盗むってのはそういうことだ。まさか、あんたがあそこで待ち構えていたとは思わなかったけどね」

メタノフ少佐は目を細めた。

「貴様一人ならばそれで完結しただろうな。どうしてシリンを巻き込んだ。おかげでやっかいなことになった」

「あんたほど阿漕《あこぎ》なことはしていないぜ。ものの道理もわかっていない幼い頃からシリンを抱き込んだあげくひどい環境において、あんたどうする気だったんだ？　シリンが逃げたがるのも当然だ」

「貴様にわかるものか」

　メタノフ少佐は声に力を込めた。

「ジャンスー族の最後の一人を生かしておくということが、どれだけ困難か」

「あんたがジャンスー族の里を滅ぼしたんだろう。どの口がそれを言うんだ」

「ああ、そうだ、私が里を滅ぼした。必要があったからだ。だから、わかるんだよ。生き残ったジャンスー族がいることが、帝国に、世界に及ぼす意味を」

　メタノフ少佐の声ににじむ焦燥《しょうそう》に気づいて、エニシテは眉をひそめた。

「貴様がシリンを変えた！　貴様さえここに来なければ、水の剣を盗もうとしなければ、彼女は私の手の内に収まっていただろう。だが、貴様がシリンを連れ出したせいで！」

「あんたはどこまで傲慢《ごうまん》なんだ」

　エニシテは怒りを込めて言った。

「シリンはこれまでどう生きてきた？　あんたはシリンをこの街に押し込めて、下を向かせ続けた。そんな生き方があるか。シリンがどう生きるかは、シリンが決めることだ。あんたが決めることじゃないだろう？」

「そうする以外に、シリンが生き延びる道はなかった」

「どういう意味だ。あんたの言う、ジャンスー族が一体なんだっていうんだ。水の剣で氷を溶かすことができるからか？　それなら俺だってできたさ。義手があれば……」

そう言いながら、エニシテは気づいた。

「……そうか、だから帝国では機械化義手がご禁制なのか。水の剣を操れる人間がいれば、遺産を手に入れることができる。帝国に都合の悪い人間に水の剣を操られて、遺産を奪われたら困るんだ。帝国の言うことを聞かないジャンスー族が生きていれば、いつか遺産を奪われかねない。だから帝国は、ジャンスー族を滅ぼした……」

メタノフ少佐は答えなかったが、むしろそれは雄弁にエニシテの言葉を肯定していた。

であれば、もしもシリンが帝国に刃向かうそぶりを見せたなら、殺されていたということだ。だから、メタノフ少佐はシリンが言うことを聞くように、幼い頃から仕向けたのだ。思い通りになるジャンスー族ならば、むしろ帝国の宝だ。

「シリンが帝国の外に出たことが何を意味するか、もう貴様はわかるだろう」

「帝国の敵であると、判断されたってことか……？　でも、シリンが外に出たってどうして帝国はわかるんだ？」

「皇帝陛下は、自《みずか》らを害する可能性のあるものに対して、細心の注意を払っておられる。私がシリンの後見についてはいたけれど、それに加えて別の見張りがついていた。精巧な模造品があったおかげで、水の剣が盗まれたとまでは気づいていないだろう。だが、シリンが水の剣を使ったこと、そして逃げたことはおそらく報告されている。

水の剣の本当の用途については、ごく一部の者を除いて知られていない。どうして義手がご禁制なのかもだ。始祖帝が、遺跡の封印を解くことの恐ろしさに気づいて、水の剣を呪いの剣としてこの辺境に封印したからだ。だから、現皇帝陛下さえもそれを知らない。これまでは水の剣はただの呪いの剣だと思っていただろうが、メルブの水晶を溶かす可能性があると気づいたのであれば、もうこれまでのようにはいかないだろう」

「……知られていないっていう割に、なんであんたはそんなに詳しいんだ？」

「私の仕えている方が気づいたからだよ。聡明なお方だ……」

「……あんた、皇帝の私兵の長じゃないのか。別に仕える者がいるってことか？」

「わざわざ貴様に伝える義理はない」

ジーマの目が闇《やみ》の中で昏《くら》く光った。

「シリンが帝国を出たことは、明確に帝国の敵であると認識されたということだ」

「シリンは、……殺されるのか」

「……何も手を施さなければそうなる確率が高い」

メタノフ少佐の言葉に、エニシテは体中に戦慄《せんりつ》が走るのを感じた。

「俺はいい。俺はどうなったって。シリンを……助けてくれ！」

「助ける方法がないこともない。シリンを特級市民にする」

「特級市民に？　そんなことをどうやって……」

そこまでつぶやいてから、エニシテはメタノフ少佐の言いたいことを理解した。ヴィーシャから聞いたことがあった。帝国で特級市民になるには二つの方法がある。一つは翰林《かんりん》院《いん》を出ること、そしてもう一つは特級市民と婚姻《こんいん》関係を結ぶこと……。

「あんた、それで……シリンを守れるのか」

「やれることはやるさ」

メタノフ少佐はそれだけ言うと踵を返した。

エニシテは恐ろしい事実に愕然《がくぜん》とした。

これが水の剣を盗んだ代償だった。自分の身が危《あや》ういのはわかっていた。失敗したら、何が起こるかも、わかっていた。だが、シリンの身にこれほどの危険が迫るとは思いもしなかった。メタノフ少佐だとしてもシリンを守り切れるかはわからない。帝国そのものがシリンを排除しにかかるのだから。

だが、今のエニシテには何もできなかった。文字通り腕をもがれ、閉じ込められている今は。


こつこつ、と壁をたたく音にシリンが気づいたのは、ジーマが来てから一昼夜経《た》ってからだった。泣き疲れて、けれども何もすることもできず、ただ外を眺めることしかできない。悶々《もんもん》としていると、その音に気づいた。最初は空耳かと思った。だが、確かにこつこつという音が聞こえてくる。シリンは窓へと歩み寄った。小さな窓の外に、見慣れた影があった。

「……ナイエル!?」

「ああ、やっぱりシリン姉様だ！」

チェイダリの神殿でシリンを慕ってくれていたナイエル。何も言わずに神殿を出てしまって以来だった。ナイエルは窓の外にかがんで、半地下の部屋にいるシリンに手を振っていた。

「何日か前に、メタノフ少佐が姉様を連れて来たのがわかったから、神殿のどこかにいると思ったの。やっと見つけた！」

ナイエルの笑顔に、シリンは胸が熱くなり、泣きたいような気分になった。

「シリン姉様はどうしてこんなところにいるの？　どうして神殿を出たの？」

中庭には人もおらず、暖かく日が差し込んでいる。今日は休みの日だというナイエルは、窓の外に座り込んでシリンの話に聞き入った。それは長い話になった。神殿を出て、エニシテと共に砂漠を旅したこと。カエサレアでの日々に、クルカレの遺跡での出来事。そして、ジーマの告白……。

これまでのことを話しながら、シリンはふと考えていた。

もしも、エニシテがあの時ここに来なかったなら、どうなっていたのだろう。今となればわかるが、あの髪飾りは、本当にジーマの求婚の印だったのだろう。シリンは彼の思惑にも気づくことなく、喜んで求婚に応じたに違いない。神殿の下働きから離れ、特級市民として大好きなジーマと暮らせるのだから。何も知らずにジーマと暮らせたならば、どれだけ幸せだっただろう。それが偽りだとしても、きっとジーマはおくびにも出さず、シリンを大切にしてくれただろう。これまでそうだったように。彼に囲われ、広い砂漠を見ることもなく、魔獣の恐ろしさも、虹染病《こうせん》の事実を知ることもなく、ただただ喜びだけを甘受する。そしていつか、彼の望む通りに水の剣を使うことになるのだ。帝国の繁栄を確固なものとする、火の時代の遺産を手に入れるために……。

けれど、そこにシリンの意思はない。エニシテとの出会いは、シリンに広い世界を見せてくれただけでなく、自分で人生を選択する尊さを教えてくれた。そして、人をいたわることと、愛することも。

「すごいな、姉様。外の世界に本当に出たんだね……」

にわかには信じがたい話も、十四歳のナイエルはするりと飲み込んでくれた。その声には憧憬《どうけい》の念がこもっていた。

「でも、ジーマがあんなことを考えてたなんて。ジーマが水の剣を利用しようとしていることは変わりないし、エニシテを罪人として裁こうとしているのも事実。わたしは……」

ナイエルは少し考えた。

「少佐が口添えをして大罪人の扱いが軽くなってもせいぜい流刑……。姉様が少佐の言う通りにしても、エニシテさんの今後の人生が明るいとは思えない」

ゲルミリア帝国の北方には、寒さの厳しい荒野が続く。そこには帝国の礎《いしずえ》となった火の時代の大きな遺跡がある。流刑人は過酷な環境で発掘作業を行わなければならない。片腕のエニシテが耐えられるとは思えなかった。

「エニシテを……エニシテをなんとか助けなきゃ」

シリンは声が震えるのを感じた。ナイエルがうなずいた。

「私に何かできることはある？」

「ナイエルがわたしに手を貸してるって知れてしまったら、大変なことになるよ」

「見つかるようなドジしないよ。それに、私ぐらいの子供のほうが動きやすいことってあると思うの。少しは信用して」

神殿の片隅に閉じ込められて何もできないシリンにとって、ナイエルの言葉は涙が出るほど嬉《うれ》しかった。シリンがいくつかお願いをすると、ナイエルは快《こころよ》く請け負ってくれた。

「でもね、姉様。……メタノフ少佐は、姉様のことを打算だけで守ってくれてたわけじゃないと思う。私は時々見かけるだけだったけど、少佐は本当に、姉様のことを大事に思ってたと思うよ」

中庭から去る間際、ナイエルはそう言った。


翌日には、ナイエルはシリンの知りたいことをいろいろと伝えに来てくれた。

シリン一人では何もできないと思われているのか、彼女のいる部屋には特に見張りはいないようだ。エニシテは神殿の地下牢にいるらしい。水の剣は例の水の棺《ひつぎ》に収められているという。ジーマは、チェイダリに来てからずっと神殿に滞在しているらしい。おそらく秘密が外に出るのを少しでも防ぐためなのだろう。

「そういえば、ジャナバルが水の剣の番人になってるの」

シリンをいじめてきたあの神官。あまりにも昔のことのように思えた。

「水の剣が溶けない氷を神殿内のあちこちに作ってしまった事件の責任をとってなんですって。水の剣で腕が凍ってしまったらしくて、しばらく療養して神殿からも遠のいていたし、神官参事からも降格してしまったたし。今にして思えば、あの事件って、姉様が水の剣を使ったからなのね」

「その氷、どうなったの？」

「一生懸命みんなで火であぶったりお湯をかけたりして溶かしたの。あちこちに氷の山ができていたから、溶かすのも熱くて大変だったよ。何日もかかったの。変な氷だよね。気温より高くしないと溶けないなんて。まあ、溶けちゃえば、ほかの水と変わらないけど」

「ジャナバルは、今は、あまり神殿に顔を出さないの？」

「最近はずっと地下の水の棺のところにいて、私たちにはちょっかいを出さないの。ジャナバルには不幸なことかもしれないけど、こっちは助かってるよ」

シリンは考えた。どうやってエニシテを助けるか……。巡検士に引き渡されてしまえば、司法組織の手で裁かれてしまうから、エニシテを助けることはできない。そうなる前に地下牢からエニシテを出して、チェイダリから出さなければいけない。一番やりやすいのは、以前エニシテが出入りしたように、地下水路を行く道だろう。だが、その道の途中にはジャナバルがいる……。

「ナイエル、お願いがあるの」

シリンがナイエルにいくつか指示を出していると、扉の向こうから人の気配がして、鍵を開ける音がした。扉が開くのと、ナイエルが窓の向こうに消えるのはほぼ同時だった。

「何をしているんだ？　妙なことは考えないほうがいい」

ジーマが言った。

「こんなところに閉じ込められていたら外を眺めるくらいしかできないでしょう」

内心の動揺を隠しながらシリンは言った。

「ねえ、エニシテは大丈夫なの。ひどいことをしていない」

「私の信用も地に落ちたな。まあ、無理もないが」

ジーマは自嘲《じちょう》した。

「生きてはいる。けれど、あの男は、近いうちに巡検士に引き渡す。決心はついたかい」

「……もしも、断ったらどうなるの」

「君もあの男と共に巡検士に引き渡すことになる。残念だが、君が二級市民のままでは私にできることはさほどない」

シリンは息をのんだ。

「あの男と共に自滅の道を歩むのも選択の一つだが、とても利口なやり方とは言えないだろう。私の申し出はそれほど悪いものではないと思うよ」

シリンは自分の立場の危うさを改めて認識した。シリンがエニシテを逃がしたとしたら、ジーマはどう出るだろうか。それでもエニシテを助けたかった。危険な賭けだ。だが、いずれにしても時間はあまりない。エニシテが巡検士に引き渡されるまでになんとか助け出さなければ……。

シリンの沈黙を、ジーマはどう受け取ったのか、踵を返した。

「時間はあまりないよ」

シリンは黙ったままジーマを見送った。失敗するわけにはいかない。なんとしてもエニシテを助けるのだ。

その晩、シリンは部屋の小窓から中庭を見上げて過ごした。中庭の向こうには神殿の中枢《ちゅうすう》ともいえる至聖所《しせいじょ》があり、その手前にはガラスでできた女神像がある。とろりとした緑色をした半透明の女神像は、エヴィの樹が透かす光を受けて、時と共に表情を変えた。

水の神殿で働くようになって何年も経っていたが、こうやって女神像をゆっくりと眺めたことは一度もなかったし、祈りを捧《ささ》げたこともなかった。けれども今は、うまくエニシテを逃がすことができるようにと願ってしまう。

翌朝には、ナイエルがシリンの求めに応じて、ヴィーシャが渡してくれた拳銃《けんじゅう》、コーネフ32を探し出して持ってきてくれた。それはジーマが使用している部屋にあり、部屋の掃除にかこつけて見つけたのだった。

回転弾倉に収められた虚数弾は六発、それがすべてだった。ヴィーシャから受け取った時は恐ろしいと思ったが、今となってはこれほど心強く感じるものはない。

「ありがとう、ナイエル。ナイエルがいなかったら……」

「たいしたことじゃないよ。姉様がここにいた時、私、すごく助けられてたもん」

ナイエルはそう言って手を振った。

「時々外からお菓子を持ってきてくれたでしょ？　あれ、毎回すごく嬉しかったの。だから、お返しができて嬉しい」

「ナイエル……」

うまくいけばエニシテと逃げられるだろう。失敗すれば……あまり考えたくない未来が待っている。どっちにしても、ナイエルとはこれでお別れだ。

「姉様、頑張ってね。うまくいったら、私もいつかここを出て、姉様のところに行くから」

「うん。きっとね。後をお願い。さあ、行って」

ナイエルは手を振って中庭から去って行った。

神殿の中の構造はよくわかっている。どう進むべきか、どうすべきかも。

エニシテを助ける。それがシリンの選択だ。自分だけ助かりたいならば、ジーマと一緒になるのが最善だろう。けれども、外の世界を知り、エニシテと共に過ごした日々を思えば、それはあり得なかった。

シリンは、とうに死んでいるはずだった。ジャンスー族が滅ぼされた時に、あるいは、暗黙の森を越えた時に。けれども今、こうして生き延びている。ならば、後の人生は、思う通りに生きてみてもいいはずだ。自らの意思なく、誰かに盲目的《もうもく》に従って生をつなぐだけの人生は、もう考えられない。

どれぐらい時が経ったのか。ふいに鈍い水音がした。ナイエルだ。神殿に集まってくる水を調節する水門を開けたのだ。これで神殿は水浸しになり、中にいる人たちは大騒ぎだ。

シリンは扉めがけてコーネフ32を構えた。ダブルアクションの引き金は重く、反動もまた大きかったが、虚数弾はあやまたず扉の鍵へと命中した。虚数弾の威力は大きかった。破壊された扉を抜けて、シリンは廊下へとそっと躍《おど》り出た。

水の神殿の巫女《みこ》長であるユーリヤ・クルニコワが、ジーマとゆっくり話すのは、大罪人たちを捕まえたという当日の簡単な報告以来のことだった。

「捕まえるのにずいぶん手間取ったな」

「ソグディスタン領内に逃れていましたから。しかし、もう心配はいりません。水の剣は神殿の安置所に置いてあります。模造品もありましたから、本物が盗まれていたことは、外には漏れていないでしょう。殿下に罪が及ぶ可能性はありません」

ジーマは表情を揺るがすことなく淡々《たんたん》と語った。

「この神殿は変わりませんね。十年一日《いちじつ》のごとくだ」

「ああ、変わったことがあるとすれば、神官参事のジャナバルという男、そなたが殴ったあれだ、結局左腕が凍ったまま戻らなかったぞ。神官参事も降りて、しばらく療養のため姿を見せなかったが、その後人が変わったようでな……。水の剣は恐ろしいな」

「ジャナバル……。あの男のせいで、水の剣の本当の力が知れてしまった」

ユーリヤは水煙管《みずぎせる》をふかしながら、ゲルミリアの悪鬼と呼ばれる男を眺めた。

神殿内での出来事は、例の遺産で把握《はあく》していた。ジーマがあの娘に語ったことと、地下牢で大罪人に語ったことも。彼の話したことが事実であれば、水の剣が盗まれたこと以上に、ジャンスー族であるあの娘の存在は重い。にもかかわらず、ジーマはこれまでユーリヤにその事実を語っていなかった。ユーリヤはしばし考え、それから言った。

「……ジーマ。そなた、本当は誰に仕えている？」

　ユーリヤの言葉に、ジーマは眉をひそめた。

「公《おおやけ》には、皇帝の私兵の長、だったな。ゲルミリア帝国軍というよりは、皇帝の手足となって働く遊撃兵のようなものだ。少佐という身分も、自由に動くために必要なものなのだろう。陛下は、ゲルミリアの隆盛にことのほかご執心だ。クルカレの遺跡を溶かせると知れば、何を置いても手に入れたがるだろう」

　ジーマは黙ってユーリヤを見返している。

「にもかかわらず、皇帝陛下はジャンスー族のあの娘をこんな辺境の地に放っている。つまり、陛下は、水の剣とジャンスー族について、把握していないということだ」

　ユーリヤは、年老いた皇帝の姿を思い浮かべた。クルニコフ家の長であり、ゲルミリア帝国の皇帝。帝室での政争を経《へ》て帝位に就いた男は、しかし、年を経るに従い権力への執着を隠さないようになった。

「そなたの働きは陛下の意図とは異なるとしか思えん」

「さすが、殿下は聡明であらせられる」

「この期《ご》に及んで阿諛《あゆ》などいらん。話せ」

　ジーマは一度目を伏せた。

「……次期皇帝陛下です。儲嗣《ちょし》イゴール殿下」

ジーマの言葉に、ユーリヤは息をのんだ。

「イゴールだと……?」


シリンは走った。ナイエルにもってきてもらった作業着を着ているので、神殿内を走っていてもさほど目立つこともないはずだが、別棟にある地下牢にたどり着くまでに見つかるのではないかと気が気でなかった。神殿内は突然水が溢《あふ》れ出したことで上を下への大騒ぎだ。ナイエルがうまく騒ぎを起こしてくれて助かった。さもなければ地下牢にたどり着くのも難しかっただろう。

普段は使われることのない神殿の地下牢は、騒ぎのためか見張りもいなくなっていた。シリンはひとけのない階段を下りた。地下通路は神殿のほうから流れてくる水でまるで浅瀬のようになっている。水を跳ね上げながら走ると、奥のほうに鉄格子が見えた。

「エニシテ!」

シリンが声を上げると、鉄格子のほうから返事があった。

「シリン!? どうしてここに」

「助けに来たの。早くここから逃げよう。あの地下水路を通れば街の外に出られるはずでしょ？　地下水路までの道ならわたしわかるよ！」

シリンが鉄格子に向かって声をかけると、エニシテが奥のほうから姿を見せた。ひどい目に遭ったのだろう、左腕の機械化義手はなくなっているし、顔も痣《あざ》だらけだ。それでも、シリンはエニシテの顔を見て胸がいっぱいになった。

「シリン、どうして俺なんかを……。俺はいいんだ、早くメタノフ少佐のもとに戻れ」

「ジーマに会ったのね？　何を言われたかわからないけど、わたしは戻らない」

「シリン、頼むから戻ってくれ。俺と一緒に逃げたって、帝国はどこまでも君を追いかけてくる。君にはそれだけの価値があるんだ。ここから逃げても、君はいつか捕まる。その時、メタノフ少佐みたいな庇護者がいなければ、どんな扱いを受けるかわからない。メタノフ少佐のところに戻ってくれ。メタノフ少佐なら、君をきっと守ってくれる」

「エニシテ。このままジーマのところに戻っても、わたしは幸せにはなれない。あなたがひどい目に遭うってわかっていて、どうして平気でいられるの」

「……シリン、俺はそんな大層な人間じゃない。俺は間違ってた。自分の痛みに目がくらんで、水の剣を手に入れさえすればすべてがよくなると思いこんでいた。クロライナを元に戻したいのは本当だ。けど、帝国に一泡吹かせたいっていう気持ちがあったのも事実だ。そうして、剣を盗んだことで、シリンにまで危ない目に遭わせている。それどころか、とんでもない遺産まで掘り出していたかもしれないんだ」

「……エニシテは、確かに間違ってたのかもしれない。人の物を盗むのはよくないもの。でも、帝国のやり方が正しいとも思えない。エニシテ、間違ってるっていうなら、生き延びてやり直してよ。もっと違うやり方で故郷を立て直せばいい」

「……シリン」

「わたしが帝国から逃げられないっていうなら、エニシテだけでも逃げて。エニシテが元気でいてくれるなら、わたしは帝国でも、ジーマのもとでもやっていける」

「……俺が逃げ延びたら、本当にメタノフ少佐のところに戻ってくれるのか」

シリンはエニシテを見た。この人を助けたい。遠い空の下でも元気でいてくれるなら、ジーマのもとでもやっていってみせよう。帝国の望むような、人を傷つけるような水の剣の使い方をすることなく。それはとてつもなく難しいことだろう。だが、それがシリンの選択だ。

「約束する」

シリンが言うと、エニシテは鉄格子ごしに引き寄せてきた。交わしたキスはお互いを求め合う強さのままの深さだった。エニシテのこの熱を、この味を、この柔らかさを、絶対に忘れない、とシリンは思った。この先二度とふれあうことがないとしても。

唇が離れた後の余韻《よいん》が消える前に、シリンはコーネフ32を構えた。

「離れていて。虚数弾で鉄格子を吹き飛ばす」

イゴールの名は、ユーリヤの脳裏に響き渡った。

血の繋《つな》がらないユーリヤの兄、イゴール。最後に会ったのは七年前だ。彼が儲嗣になったこと、そしてもう一つ、ユーリヤが決定的な瑕疵《かし》を負ったことで、この神殿に来ざるを得なかった。

「……なぜ、イゴールが」

「皇帝陛下は、火の時代の遺跡に執着しておられる。そして、その発掘も急ピッチで進めています。ですが、クルカレの遺跡は規模が違いすぎる」

ジーマは言った。

「あの遺跡を開放すれば、確かにゲルミリア帝国は比類なき力を得ることになるでしょう。しかし、大きすぎる力は災《わざわ》いを生みます。火の時代の人々が支破《しは》の大戦で世界を滅びに導いたように。イゴール殿下は、それを憂慮《ゆうりょ》して、必要以上の発掘が行われることのないよう、私に命じたのです」

ユーリヤは水煙管のパイプを取り落とした。

「それでは、ゲルミリアの悪鬼とまで呼ばれたそなたの働きの多くは、イゴールの命によるものなのか」

「ええ。私は表向きは皇帝陛下の私兵ですが、その実はイゴール殿下のものです。皇帝陛下はイゴール殿下を扱いやすい駒《こま》として手なずけておけると思っておいでだが、実際は違う」

「……陛下の意向をかいくぐって、イゴールと動いていたというのか？」

ユーリヤの言葉に、ジーマはわずかにうなずいた。

「……しかし、だとすれば、得がたい同志であるそなたの退役を、よくイゴールは許したな」

「イゴール殿下は聡明なお方です。皇帝位につけば、必ずゲルミリアはよい方向に向かうはずでしょう。その時期は遠くない。血に塗《まみ》れた私の存在はむしろ邪魔になるはずです。イゴール殿下はよくおわかりだ」

そうとも、イゴールは光り輝く道を行く。辺境に追いやられ、水の神殿に閉じ込められたユーリヤとは違う。

「それで、イゴールとそなたは、水の剣を扱える一族……ジャンスー族を滅ぼしたのか」

「そうです。表向きは、見せしめとして帝国に従わない一族を滅ぼすとして。ジャンスー族がいなくなれば、水の剣を扱える者はいなくなる。いずれ、生体工学が発達して、機械の手で扱えることに気づく者が出てくるかもしれませんが、それはすぐではないはずでした。あの男がここに水の剣を盗みに来なければ」

「では、あの娘はなんだ。なぜあの娘を生かしたのだ」

「隠れていたのを見つけたのです。殺すべきだったのでしょう。本来の目的を果たすならば。けれどもできなかった」

ジーマはつかの間目を閉じた。遠い何かを思い出そうとするように。

「私はあまりに多くを殺した。それは必要だったからです。帝国の地盤を揺るぎないものにすること、それが恒久的な平和を生むと信じたからです。だからイゴール殿下と手を取り、時には皇帝陛下を欺《あざむ》いてまで私は戦ってきた。泣いて逃げる人々を、何人も殺してきた。なのに、地下に隠れて丸くなっていた子供に、私は手を下すことができなかった」

「……なぜ」

「なぜでしょうか。今でもわからない。ジャンスー族を生かすことが、将来波乱を呼ぶ可能性があることがわかっていても、抱き上げた柔らかく温かい体の命を消すことができなかった」

「……偽善だ」

「そうです、偽善です。今さら弁解のしようもなく私の手は汚れているし、シリンを助けたことで許されることもありません。ですが、シリンが私に話しかけ、時に笑うたびに、凍った心のどこかが癒《い》やされる気がしたのです。私は彼女にすがったのですよ」

ジーマはそう言ってからゆっくりと目を開いた。

……森に落ちていたヒタキ。

ユーリヤはふいに思い出した。幼い頃、皆で森を馬で駆けた時に、ジーマは南からの旅に力尽きたヒタキを助けようとし、それがかなわず小鳥の死を惜しんだ。目の前にある小さな命の尊さを知る優しい青年だった。その青年が、多くのまつろわぬ民を降伏させ、あるいは殲滅し、ゲルミリアの悪鬼とまで呼ばれるようになった矛盾《むじゅん》が、あの娘を生かしたのだ。

「……もしも、今回のことがなければ、そなたは本当にあの娘と……」

ユーリヤの言葉に、ジーマは薄く笑みを浮かべた。

「そうですね、今度こそ、心ある結婚を、と願いましたが、もはやかなわぬ夢です。シリンの心は私から離れた。形式だけの結婚は、アンナとの結婚生活とそう変わらないのかもしれない。ですが、それでも私はまだシリンを助けたいと思っているのですよ」

ジーマは淡々と語った。

かなわぬ夢。なぜかユーリヤには見える気がした。オルツィヴの森で、軍服を脱いだジーマが、あのちっぽけな娘と仲むつまじく歩いている姿が。それは親子のようでもあり、兄妹《きょうだい》のようでもあり、恋人同士のようでもある。

それは、ユーリヤ自身の夢とも重なった。イゴール。血の繋がらない兄。二人寄り添って歩く、ただそれだけの夢を叶えることが、この世はこれほど難しい……。

「なぜ……」

ユーリヤは知らずつぶやいていた。

「それほど必死になる？　そなたの真の望みが叶うことはないというのに」

ユーリヤの問いに、ジーマはしばらく考えた。

「……生きていて、ほしいからです。それだけですよ。私の望みなど、かなえる必要もない。それに、私には、動かずにいるほうがむしろ辛《つら》いのです。貧乏性だとお笑いください」

動かずにいるほうが辛い。それはユーリヤにも覚えのある感覚だった。

ジーマはふと笑みを浮かべた。

「一人で秘密を抱えているのは、堪《こた》えるものです。殿下に話せたことで、少しばかり気が楽になった気がしますよ」

「イゴールとそなたがそこまで懇意《こんい》にしていたとは」

　ユーリヤはそう言いながらも、本当に聞くべきことを慎重に尋ねた。

「……なにか、イゴールは私のことを言っていたか」

「イゴール殿下はあなたを気にかけておいでですよ。チェイダリになじんでいるか、と」

　ジーマの言葉はユーリヤの感情を揺さぶった。

「私を辺境に追いやっておいて、イゴールはそう言うのか」

「イゴール殿下の真意は、そんなところにはありません。遠乗りの好きだったあなたならば、チェイダリで再び騎乗を楽しむこともできるだろうとおっしゃっていました」

「……ばかな。私がここに来たのはイゴールの足を引っ張らないためだ。この辺境ならば政争に巻き込まれることもない。それに、イゴールも私の体のことはわかっているだろう」

「ええ。ですから、チェイダリにあなたを送ったのです。ここならば、帝都にいるよりもあなたらしく生きられるだろうと。水の巫女長は、元は重要なポストですが、今は実質名誉職です。ですが、もしも神殿の実権を握りたいのならば、それに向けて戦うこともできるでしょう。また、権力とは無縁に生きたいのであれば、それも可能です。馬に乗って周囲を駆けることも、あるいは農耕に力を入れることもできるでしょう。この辺境で何をしても、帝都では痛痒《つうよう》も感じない。そして、水と緑の多いチェイダリならば、虹染病の進行も遅いはずだ、と」

ユーリヤは言葉を失った。

「もっと早くあなたにお伝えすべきだったのかもしれませんね。私とイゴール殿下の関係をあまり多くの人に知られたくはなかったし、あなたともこれまであまり会う機会がなかったのも原因ですが」

ジーマもまた口を閉じた。二人は黙り込んだままさらさらと流れる水の音にただ耳を傾けた。

なんということだ。自分はイゴールの意図をとらえ違えていたのだろうか。

イゴールが次期皇帝に決まったその日、彼はユーリヤに命じた。水の巫女長として、チエイダリに向かえ、と。すでに虹染病に侵されていたユーリヤは、それを永久の別れであると理解した。イゴールを煩《わずら》わせることなく辺境で余生を静かに過ごせ、と。

もしも病でなければ、何を置いてもイゴールと離れず、帝都で彼の刃となり、盾《たて》となったことだろう。それがユーリヤの望みだった。だが、それが叶わないならば、せめて足を引っ張らないようにおとなしく過ごすべきだと理解したのだ。以来続いた退屈で代わり映えのない毎日は、まるで拷問《ごうもん》のようだった。

だが、違ったのだろうか。イゴールが望んだのは、むしろユーリヤが彼の軛《くびき》から離れ、帝室に連なる皇女であることからも解放され、自由に生きることだったのだろうか。

ふと、部屋の外から神官たちの声が聞こえてきた。騒がしい。だが、まるで別世界のことのように遠く感じられた。すべての現実がユーリヤから引きはがされていくかのようだ。

ユーリヤは、乾いてはりついた唇を開いた。

「なにか、また起きたようだな……」

「ええ。見てきましょう。まさか、以前ほどのことは起きていないでしょうが、万が一ということがある」

ジーマはそう言って身を翻そうとしたが、ふと足をとめた。懐《ふところ》からゴーグルを差し出すと、ユーリヤに手渡した。

「よろしければお使いください。外はよいものですよ」

望みが叶わないことを知ってなお、娘を助けるために動き続けるジーマを、愚かだと、ユーリヤは思うことはできなかった。むしろ、抱いたのは羨望《せんぼう》の念だった。

ああそうだ。自分は、何でもできたはずなのだ。ただ、望みさえすれば。

シリンとエニシテは手をつないで地下通路を走った。地上の神殿から流れてくる水は止まらない。だが、流れの先には、チェイダリのすべての水が集まる水の棺の間があり、大地を潤しに地上に戻るための地下水路がある。

ナイエルによると、水の剣は再び水の棺の間に沈められているという。そして、今はジャナバルがその番をしていると。

今の騒ぎで、神殿のほうへでも行っていてくれればいいが。そうでなければ、彼をなんとかして止めて、エニシテを逃がさなければ。

水の棺の間に繋がる扉は鍵がかかっていた。これまではなかったものだ。シリンはそれを虚数弾で吹き飛ばした。残りの弾はあと三発。

白い岩をくり抜いて作った広間に人影はなかった。神殿のほうから流れてくる水が床の上で川のようになり、地下水路のほうへと向かっていく。

シリンは安堵《あんど》して広間へと足を踏み入れた。真ん中にある水の棺を通りすぎて、地下水路のほうへ向かおうとしたその時、突然強い視線を感じた。シリンが息をのんだ時、エニシテが体を引き寄せてきた。

足下の水が突然線を引くようにまっすぐに白く泡だった。いや、違う。白く、凍り付いていた。

「久しいなぁ、シリン。貴様は実に運がいい」

聞き覚えのあるざらりとした声がして、シリンはそちらに振り返った。

「ジャナバル……」

その男は、シリンたちが通ってきた壊れた扉の横にいた。通り過ぎたはずなのに、壊れた扉の陰にいて見えなかった。そこにはいすが置いてあり、男はゆったりと座っていた。白い神官服に身を包んだ姿は、これまで通りだ。だが。

「……水の剣。あなた、どうして水の剣を……」

ジャナバルは長い袖《そで》に包まれた左手に、水の剣を持っていた。ジャンスー族以外は手にできないはずの水の剣。氷でできた剣の先が、先ほどの白い氷の線の先に触れていた。ジャナバルは立ち上がり、ぎちり、と口角を引き上げた。

「貴様のおかげだよ、シリン。貴様が俺の左手を奪ったからなぁ」

隣にいるエニシテがこわばった声を上げた。

「……機械化義手だ……」

シリンはジャナバルを見た。白い壁を背に、神官服の袖から見える手は、黒い金属色をしていた。むき出しの機械がのぞくその義手は、ぎこちなく、痛々しく、禍々《まがまが》しく動いている。エニシテの白くなめらかに動く義手とは違う。

「おそらく帝国製の。俺のはサウル国の特別製だ。だけどあれは……」

エニシテはそう言って言葉を失った。

「……わたしが、ジャナバルの左手を……!?」

「おい、とぼけるなよ？　貴様が水の剣で俺の左腕を凍らせたんだ。残念だが、左腕は保たなかった。だが、代わりにこの腕をいただいたのさ、皇帝陛下に！」

シリンは信じられない思いで目の前の男を見た。ジャナバルが何を言っているのか、さっぱりわからない。どうして皇帝がここに出てくるのだろう。

「貴様は気づいていなかったかもしれんが、ジャンスー族は帝国に仇《あだ》なす者だ。ずっと皇帝陛下の見張りがついていたのさ。だが、貴様が水の剣を使い、外に出たことで、皇帝陛下はジャンスー族が生存していることの真の危険に気づかれた。そして、水の剣の本当の使い道も理解されたのだ」

「……つまり、メルブの水晶を溶かし、火の時代の遺産を手に入れられる可能性をか」

エニシテの言葉に、ジャナバルは笑い声で応《こた》えた。

「そうとも。そして、ジャンスー族なしで水の剣を使う方法も理解された。俺は選ばれたのさ、水の剣の使い手として！」

ジャナバルは黒い手を持ち上げた。

「貴様に左手をダメにされ、療養していた俺のもとに、皇帝陛下の遣いが来られた。貴様が何をしたか詳細を聞かれ、それから言われた。俺は水の剣の使い手になり得る存在だ、選ぶか、とな。即答したさ。どうせ俺の左腕は使い物にならん。それなら、水の剣の使い手としてのし上がってみせると。

シリン、貴様は心置きなく死ね。そうすれば、俺が水の剣の使い手として、帝国で重用されるだろうさ」

「あんた、義手をつけてそう経ってないだろう。俺が義手を使い始めた時、なじむまでかなりかかったんだ。ましてやずっと義手が禁じられてた帝国の技術は、俺の使ってたサウル国のものより劣《おと》るはずだ。無理するな」

「黙れ。貴様のような大罪人に口出しされるいわれはない」

ジャナバルは水の剣を振るった。水浸しの床は、その範囲は狭くとも、水の剣に従って扇《おうぎ》状に凍り付いていく。シリンとエニシテは、危うくそれを避けた。

シリンはジャナバルをぞっとする思いで眺めた。鉄色の腕に水の剣を持つその姿は、なんとおぞましいのだろう。確かに、神殿に仕えていた時から、いけすかない人間だった。だが、今の彼はそれどころではない。そして、彼を越えなければエニシテを逃がすことはできないのだ。

水の剣を使ったという事実が、関わった人の運命をどこまでも変えていく。シリンを、エニシテを、そしてジャナバルを。シリンはコーネフ32をエニシテに手渡した。

「水の剣を壊して。最初から、あの剣がなければよかったんだ。そうすれば、すべてが終わったのに」

「……コーネフはいい銃だけど、片手で扱って命中させるのは簡単じゃない」

「わたしよりは、エニシテのほうが当たる確率が高い。水の剣の本体はあの柄《つか》。刃をどれだけ破壊しても、また回復してしまう」

「けど」

「わたしが引きつける。水の剣はわたしを凍らせることはできない」

「シリン!?」

シリンはジャナバルに向けて駆けだしていた。突然の行動に、エニシテもジャナバルも虚《きょ》を衝《つ》かれたのがわかった。

しかし、ジャナバルはすぐに水の剣をふるっていた。剣先にふれた床の水が突然の変化にぴしぴしと音をたてながら凍り付き、シリンめがけて進んでくるのがわかった。けれども、氷がシリンにたどり着き、その足に触れたとたんに霧散した。常温の氷、メルブの水晶に、シリンは触れることもない。シリンはそのまま走り、ジャナバルに体当たりし、そして壁に押しつけていた。

「貴様っ……！」

ジャナバルがうめき声を上げるのがわかった。

「エニシテ！　早く！」

シリンが叫ぶと、一瞬の間が空いたのちに銃声が響いた。目の前を赤い光がひらめいて、壁が大きくはじけてえぐれた。外れた。

ジャナバルがシリンを突き飛ばした。シリンは水に濡れた床に尻餅《しりもち》をついた。

「貴様は、どこまでもいらだたしい小娘だ。確かに水の剣は貴様を凍らせまいよ。だが、剣として物理的に貴様を傷つけることはできる！」

ジャナバルが剣を振りあげ、こちらめがけて振り下ろしてくるのを、シリンは見た。とっさに床を転がって刃を避ける。水の剣はシリンのいた場所に突き刺さり、たちまち周囲の水を凍らせた。

剣は床に突き刺さっていた。剣を抜くために、ジャナバルの動きが一瞬止まる。その一瞬の隙《すき》に、もう一度銃声が響いた。赤い閃光《せんこう》が透明な氷の刃に当たり、砕け散る。それはきらきらとひらめいて、あたり一面にまき散らされた。

その衝撃に、ジャナバルは床に倒れ込んだ。ジャナバルの手元には、砕けて柄の先にわずかに刃先が張り付いている水の剣が残った。ジャナバルは愕然とした表情でそれを見つめている。だが、水の剣を使っていたシリンにはわかった。柄さえ残っていれば、水の剣は再生する。

シリンは立ち上がってジャナバルにのしかかり、機械化義手にしがみついた。彼の黒い手から水の剣を引きはがそうと全身の力を込めた。

「貴様……っ！　水の剣を！」

水の剣を放すまいとするジャナバルの機械化義手が、ぎちぎちと音をたてた。氷の刃のぎざぎざした残骸《ざんがい》は、シリンを凍らせはしないが、手のひらに突き刺さっては血と一緒になって溶け落ちていく。

「!?」

突然の衝撃が左脇を襲った。あと少しで剣が離れる、と思った時に、ジャナバルの右手がシリンの脇を殴ってきたのだ。初めは鈍い痛みが、次いで鋭い痛みが広がっていく。

「……なにを」

突然の痛みに力が抜けたところで、ジャナバルはシリンを突き飛ばしていた。シリンは濡れた床に転がった。

見上げると、片膝《かたひざ》をついたジャナバルが恐ろしい様相でシリンを見下ろしている。生身の右手には砕けた小さな氷のかけらが握られていて、その先に血がしたたっていた。あれで刺されたのだ。かけらの大きさからたいした傷ではないだろうが、動きを止めるには十分なものだった。

「シリン！」

エニシテの声がして、こちらに駆け寄ろうとする足音が聞こえた。

来ないで、水の剣はまだ壊れていない……！

顔をそちらに向けてシリンは声を上げようとしたが、息が漏れるばかりだ。

ジャナバルは砕けた水の剣を床に流れる水に浸した。いつかヴィーシャのもとでシリンがしたように、水の剣はあっという間に元の剣の姿に戻った。そうして、ジャナバルは剣を振るった。剣の力は走るように床の水を凍らせていく。こちらに走ってくるエニシテが、その凍結に巻き込まれたのは当然のことだった。エニシテの足は地面の水と共に凍り付き、その場につなぎ止められていた。

「シリン！」

エニシテは叫んだ。地面に中途半端な体勢でつなぎ止められたまま、片手でコーネフを構えるのがわかった。もう狙いは水の剣ではなかった。ジャナバル本人を狙っている。

「撃つな！　貴様の可愛《かわい》いシリンの命がないぞ」

ジャナバルは水の剣を床に倒れたままのシリンの首に突きつけていた。エニシテが息をのむのがわかった。

「そうだ、そのままその物騒な銃を捨てろ！」

「……ちくしょう」

エニシテの逡巡《しゅんじゅん》が手に取るように伝わった。動けない以上、銃がなければまさにお手上げだ。とはいえ、銃を持っていればシリンの命が危ない。

ジャナバルは、水の剣を突きつけたまま床に倒れていたシリンの髪を引っぱりあげた。ジャナバルはそのまま水の剣でシリンの髪をごっそりと切り落としていた。白い髪飾りが濡れた床の上に転がった。

「次は髪だけではすまないぞ」

エニシテはコーネフ32を投げ捨てた。

ジャナバルは高笑いをした。シリンの傍《かたわ》らで水の剣を手にしたまま見下ろしてくる。

「いいざまだ。貴様のせいで、俺の人生はずいぶん方向転換することになった。だが、これから先は、これまで以上にうまくやってみせる。俺は負け犬なんかじゃない」

シリンは透明な水の剣と、ジャナバルを見上げながら必死に考えた。どうする。どうすればいい。エニシテはもう銃を使えない。自分もろくに動けない。自分が殺されるだけならまだいい。足を氷に絡め取られて動けないエニシテも、おそらくジャナバルの水の剣で殺されるか、あるいはまた地下牢に戻されるだろう。これではなんのために逃げてきたのかわからない。ああ、どうすれば……。

ジャナバルが水の剣をシリンに向けた時、突然彼の動きが止まった。苦悶《くもん》の表情が浮かび、右手で左肩を押さえて膝をついた。

「く……こんな時に」

エニシテが声を上げた。

「だから言ったろう、義手をつけたばかりでそれだけ動けば負担がかかる。当分使い物にならないぞ」

「うるさい、黙れ！　シリン、貴様だけでも、あの世に……！」

ジャナバルが苦しげに水の剣を動かそうとした時、ここにいるはずのないもう一つの声が響き渡った。

「おまえたち……何をしている⁉」

ジーマの声だった。では、神殿の騒ぎを聞きつけ、シリンが逃げたことを知って、ここまで探しに来たのだろうか。シリンは声のほうへと顔を向けた。

「ジャナバル、おまえ、シリンに何をしている⁉　それにその腕」

「メタノフ少佐。この娘は罪人です！　大罪人を連れて逃げようとしていました」

「シリンが、どうやってかその男を牢から出して、逃がそうとしたというのか」

「ええ、そうです。それに、メタノフ少佐、これまではあなたがこの娘を庇護していたかもしれませんが、ジャンスー族は皇帝陛下にとってもはや不要なのです」

ジーマは黙ってこちらに向かってくる。ジャナバルの声は喜色を帯びていた。

「ジャンスー族なくとも、もう水の剣は扱えるからですよ！」

「……そうか。それで、おまえは皇帝陛下の命の下に、ジャンスー族のシリンを排除しようとしているのか」

床を流れる水を跳ね上げて、所々にある氷を避けてジーマは歩いた。エニシテの横を通りすぎる途中でコーネフ32を拾い上げる。歩きながら、回転弾倉をスイングアウトして残弾を確認し、また戻した。コーネフ32をベルトに挟み込み、それから、自身の腰のホルスターに収められたゲルミリア軍の制式拳銃を取り出した。ジーマは拳銃の安全装置を外し、ジャナバルをひたと見据えて、銃口を向けた。

「陛下の命と勝手に称すのは不敬罪だ」

ジャナバルが息をのむのがわかったが、そのすぐ直後、銃声が響いた。ジャナバルは倒れた。シリンのすぐ横、水の中に倒れ込んだ。赤い血が水の中に流れていくのが見えた。

「おまえごときを皇帝陛下が選ぶと思うか？　ゲルミリア帝国にはおまえよりも優秀な、隻腕《せきわん》の軍人はいくらでもいる。にもかかわらず、彼らに水の剣を使わせなかったのは、義手を施す技術が帝国ではまだ未熟だからだ。おまえは体《てい》のいい実験台だよ」

ジーマは倒れたジャナバルに吐き捨てるように言うと、すぐにやってきた。表情を揺るがすこともなく、ジャナバルに目をを向けることもなく、シリンの傍らに膝をつくと、彼女を抱き起こした。

「……ジーマ」

「……ずいぶん、やられたな」

ジーマは、シリンを抱いたままざんばらに切られたシリンの髪を見た。それから、脇腹も。

「おい、あんた、シリンに何するんだ！」

エニシテが声を上げたが、ジーマは頓着《とんちゃく》しなかった。

「傷をみているだけだ。たいしたことはない」

シリンはジーマを見た。助かった、と喜ぶことはできなかった。顔色一つ変えずにジーマはジャナバルを撃った。その冷酷さはエニシテにもきっと向かう。

「……ジーマ。エニシテを見逃して」

シリンは、自分を抱くジーマの手が緩むのを感じた。

「それが、君がここにいる理由か。あの男を逃がすために、騒ぎを起こし、部屋を抜け出し、この水の棺の間までやってきた、というわけか」

シリンは、ジーマから離れると、とっさに隣に倒れているジャナバルの手から水の剣を奪い取っていた。もう使い方はわかっていた。柄を握り、変化する水をイメージする。意思の力は、剣を操り、一瞬にして周囲の氷を溶かしていた。

突然氷が溶けたので、エニシテがばしゃんと床に転ぶのが見えた。

「シリン」

ジーマは静かに声を上げた。シリンは水の剣を床に投げ捨てるとエニシテのもとへと歩いた。すぐにエニシテは立ち上がり、シリンを片腕で引き寄せてくれた。脇腹は痛かったけれど、エニシテに抱き留められると心の底からほっとした。

ジーマは動かずに、シリンとエニシテを見つめてきた。

「水の剣なんていらないよ。お願い。エニシテを見逃して。そうしてくれたら、わたしはなんだってする」

「こんな騒ぎを起こさなくても、減刑を要求するつもりだと言っただろう」

「減刑されて、よくて流刑じゃ意味がない。確かにエニシテは水の剣を盗んだかもしれない。でも、そのまえにエニシテから大切なものをいくつもいくつも盗んだのは帝国だよ。エニシテだけじゃない。わたしだって故郷をなくしたし、水が出なくなって、移住せざるを得ない町があるのも見てきた。あれをやったのはあなたでしょう。でも、帝国とあなたが裁かれることはないのに」

「国と、一個人では訳が違う。帝国が富めば、戦いはなくなり、誰もが幸せに……」

「違わない。たった一人の人間を幸せにできない国が、どうしてたくさんの人を幸せにできるの。水の剣や、火の時代の遺産に頼らなければ何もできない国なのに」

「……俺は、もう盗んだりしないよ。水の剣を手に入れたことで、起こってしまった悲劇に抵抗した気になっていたんだ。でも、本当はそうじゃない。俺は、起こったことを受け止められずにいたんだ。すべてを帝国のせいにしている間は何も考えずに済むから」

「今は受け止められるというのか」

「シリンが気づかせてくれたんだ。惨劇《さんげき》のその先にも未来があるって。そして、一つの盗みが大きな波紋を広げていくのを知ってしまったから」

エニシテはそう言ってシリンを抱く手に力を込めた。

「もし、俺にとって辛い罰があるとしたら、これから先、あんたにシリンの人生を託さなきゃいけないってことだ。でも、シリンが、俺が生き延びることを望むなら、そうするしかない。それに、あんたなら、シリンをひどい目に遭わせたりしないだろう」

ジーマはじっとエニシテを凝視した。

「シリン、こちらに来なさい」

「……エニシテは」

「君が私のもとにいれば、彼は何もできないだろう。勝手にどこにでも行けばいい」

「……本当に？」

「約束する」

ジーマの言葉はきっと本当だろう。シリンは、エニシテの手を握った。

その時だった。ジーマの背後に倒れているジャナバルが、ふと動いたのが見えた。黒い鉄の腕がシリンが投げ捨てた水の剣を掴み、彼は幽霊のようにふらりと立ち上がった。

「ジーマ！　ジャナバルが」

シリンが声を上げ、ジーマが振り返ろうとした。しかし、その時には、右肩から血を流したジャナバルが、手にした剣を振りかぶってジーマの背を切りつけていた。水の剣は、その力を発揮した。触れた背をたちまち凍らせ、ジーマは水のしたたる床に膝をついた。

「ざまあみろ！　ゲルミリアの悪鬼だと？　少佐だと？　特級市民のくせに二級市民のこ汚い娘を庇《かば》いやがって、ずっと気に入らなかったんだよ！　皇帝陛下に選ばれた俺を撃った貴様こそ不敬罪だ！」

ジャナバルはジーマの背に向かって吠えた。

だが、そこまでだった。ジーマは痛みに呻きながらも、振り返り、コーネフ32でジャナバルを撃っていた。至近距離での虚数弾の威力はとてつもないものだった。水の剣ごとジャナバルを吹き飛ばし、虚数空間へと引き込んでいた。

ジーマはそのまま床に腰を落とした。

「ジーマ！」

シリンは脇腹の痛みをこらえながらジーマのもとに歩み寄った。

「……シリン」

水の流れる床の上に座り込んだまま自嘲するようにジーマはつぶやいた。

「ろくな死に方はしないと思っていたが、こういう形だとはな……」

シリンはジーマの背中を見た。背中の傷は深かった。右肩から左の腰にかけてまっすぐ振り下ろされた刀傷は、凍り付いているせいか血は出ていなかった。だが、凍り付いた部位は広範で背中いっぱいに広がっている。おそらくは、内臓のほうへも……。

「ジーマ、大丈夫、ジーマ！」

もしも水の剣があるならば、解凍もできるかも知れないが、ジャナバルと共に水の剣は破壊され、その残骸は虚数空間へ消え去っていた。

「早く、上に行って温めてもらえば……」

「無理だよ、シリン。四肢《しし》が凍り付くのとは訳が違う。体幹の血流が滞《とどこお》れば、待っているのは死だよ」

　そう言いながらジーマは苦しげに息を吐いた。

「残念だな。せっかく君に、申し出を受けてもらったのに……」

「ジーマ！　冗談を言ってる場合じゃないのに」

「……当然の報《むく》いか。これまでのことを思えば……」

　ジーマは体を支えきれなくなったのか、水の流れる床に崩れるように倒れ込んだ。

「シリン、水の剣は、壊れたのか」

「うん。さっき、ジャナバルと一緒に、虚数弾で……」

「……そうか。そういう形になるか……。ならばいい。水の剣がなければ、ジャンスー族の君は、もう帝国にとって用なしだ。その男とどこへでも行けばいい」

　いつの間にか、エニシテがシリンの隣に来て、ジーマを見下ろしていた。

　シリンはジーマのもとにひざまずいた。ジーマの手を取る。大きな手だった。この手がシリンを故郷から連れ出し、眠れない夜に頭をなでてくれた。けれどもいま、その手に触れていると、ジーマの体から急速に力が失われ、体温が下がっていくのがわかった。

「シリン、どうして泣くんだ。君は自由だよ。私のことなど気にする必要はない」

「でも、ジーマ……」

シリンは涙がこぼれるのを感じた。確かに、ジーマはシリンを利用しようとしたのだろう。けれども、幼かった日にシリンを助けてくれたのはジーマで、その成長を見守ってくれたのもジーマだった。それは間違いのない事実だった。

「この間の物言いは君をひどく傷つけただろうな。謝っておく。本意ではない。君と過ごせたことは、私の人生での数少ない慰藉《いしゃ》だったよ……」

ジーマはゆっくりと言った。

「願いが、……届いたことはなかった。生まれた時から、軍人になることは決まっていたし、妻となる女性も決まっていた。望むものではなくとも、レールが覆《くつがえ》せないならばそれに従うしかない。だが、あるべき平和な帝国の姿を求めるイゴール殿下にお会いできたおかげで、戦うことにも意義を見いだせた。とはいえ、人を殺《あや》めるたびに、心のどこかがすり潰《つぶ》されていく気がしたが……」

ジーマは、シリンを見つめた。

「私の人生で、唯一、自分の心に従ったのが君を助けたことだ。ジャンスー族を生かし続けるのは障害も多かったが、それでも、君の成長を見守ることができたのは、大きな救いだったよ」

ジーマはそこまで言うと、エニシテを見た。

「状況が変わった。私はもうシリンを守れない。貴様、水の剣を盗んだ贖罪《しょくざい》をするというなら、シリンを支えろ。貴様が水の剣を盗んだせいで、シリンの運命は変わった。その責任をとれ」

「メタノフ少佐……」

「残念ながら、貴様とシリンを引き離すという、一番効果的な贖罪方法は、不可能になったようだからな……」

ジーマは、もう一度、シリンを見ると、少しだけ笑みを浮かべた。

「気をつけて……」

それだけ言うと、彼は目を閉じた。呼吸が浅く、徐々に弱々しくなっていくのがわかった。もう、彼が目を開けることがないのが、なぜかわかった。床についた手に、何かが当たった。それは、さっき髪を切られた時に落ちたはずの、ジーマがくれた髪飾りだった。

「シリン、行こう。彼もそれを望んでる」

エニシテが、シリンの肩を優しくなでた。

「……うん」

シリンは髪飾りを拾うと、立ち上がった。

横たわったジーマは、動かなかった。大きな体の人だった。いつも静かで、でも力強くて、近くにいれば安心だった。一人で横たわる彼は穏やかで、さみしくて、悲しかった。

シリンは踵を返した。涙が溢れて止まらなかった。それでも先に進まなければならなかった。

あれほどの戦いがあったというのに、水の棺の間は、おどろくほど静謐《せいひつ》だった。流れる水の音が余計に静けさを際立たせた。すべての諍《いさか》いを水で流していくように。

二人は水の棺の間から繋がっている、地下水路へと進んだ。以前通った時は目をつぶっていたからわからなかったが、そこは巨大なトンネルになっていて、チェイダリ中の水が集まって最後に流れていく場所だった。わかりにくいが、水路の脇に半ば水に浸かった小道がある。怪我《けが》をしているシリンと、片腕のエニシテは、互いを支え合いながら、休み休み迷路のような薄暗い水路を進んだ。

外に出る、とシリンは繰り返しつぶやいた。チェイダリを出る。今度こそ、自分の意思で。そうして、初めて、本当に自分の足で歩いて行けるような気がした。

「見えた、もうすぐ外だ！」

エニシテが指さした先に、明るい光が差しているのが見えた。外の太陽の光だった。そこは水路の出口になっていて、イルダリヤ川へと合流していくのだ。

二人はまぶしい外の光に向けて歩調を速めた。

しかし、出口が近づくにつれて、エニシテの表情が険しくなり始めた。

「……まさか」

「どうしたの？」

「出口に鉄格子ができてる」

だが、考えられなくもなかった。エニシテという侵入者が、チェイダリの中枢ともいえる神殿に不法侵入したのだ。それを防ぐ手立てを考えるのは当然のことだ。

はたして、二人がたどり着いた先には、太い鉄の格子がはめ込まれていた。人が通れる通用門のような扉もあるが、鍵がないので開けられない。鉄格子の向こうには、イルダリヤ川に続く用水路と、さらにその先に、緑に揺れる麦畑が見えた。もちろん水は格子をくぐり抜けて外の用水路に流れ込んでいく。しかし、中にいる人間は、鉄格子を破壊するか、鍵がなければ外に出ることはできない。

「……そんな……！」

出られない。二人は愕然とした。コーネフ32は手元にあるが、これまで数々の扉を破壊してきた虚数弾はもう使い果たしていた。かといって、いまさら神殿に戻れば、二人はまた捕まってしまうだろう。ほかに外に出る道はない。

本当にどん詰まりだった。ここから動きようがない。すぐ目の前には、豊かな緑と遙《はる》かな平原、そしてイルダリヤ川が見えているのに。

鉄格子を叩いてエニシテが呻いた。

「くそっ、ここまで来て、ここまで来たのに……！」

ふわり、と銀糸の縫《ぬ》い込まれた白い衣が翻ったのは、その時だった。

シリンは初め幻覚でも見たのかと思った。それほど現実感がなかった。

白い巫女の衣装をまとった女性が、鉄格子の前へとゆっくりと歩いてくる。強烈な日差しの中、整った白く美しい顔が、風にひらめく長い赤毛になぶられていた。

「来るならここだと思っていたよ。チェイダリからの出口だ」

「……女神、メルブ……」

これまで信じたこともなかった女神の名が口をついた。真に祈りを捧げた時に、人々の前に顕現《けんげん》するという女神。だが、まさか、本当に……？

シリンの言葉に、女性は静かにほほえんだ。

「そなたは私を知らんのだな。私はそなたをずっと見てきたが」

鈴を振るような、美しい声だった。

「水の剣を持っておらんな。ジーマはどうした」

「ジーマを知ってるの……？」

「……古き、友だよ」

女性は立ち止まり、鉄格子ごしにシリンとエニシテを見た。何もかもを見透かしているような透き通った緑の目は、時々虹《にじ》色にひらめいているような気がした。

なぜか、この女性にならば、すべてを語ってもいいのだと思った。信頼や、裏切りや、利益や、他害といったものから最も離れた場所から、シリンを見ているような気がした。

「水の剣は壊れてもうこの世にはありません。ジーマは、……水の棺の間にいます。わたしたちに、行けと言ってくれました。たぶん、今は、もう……」

「……そうか」

シリンの言葉に、女性はすべてを悟ったようにため息をついた。

「ジーマは、自分の思いを遂げたのだな」

女性は、提《さ》げていた物入れから鍵を取り出した。そうして、鉄格子の扉を開け放った。

「行きなさい。古き友に免じてそなたらをここから出そう。ジーマはそなたが生き延びることを望んでいた」

シリンとエニシテは信じられない思いで女性を見た。

「あなた、一体……」

この女性は一体なんなのだろう。ジーマを知っていて、神殿の鍵を持っていて、水の剣も、シリンのことも把握している。

「この神殿の、女神だと言えば信じるか?」

からかうように女性は言った。

「私のことなどどうでもいいだろう。どうせ二度と会うこともない」

女性の言葉に、エニシテがシリンの背を押した。

「行こう」

エニシテとシリンは扉を抜けて外へ出た。まぶしいばかりの日差しが体に降り注ぎ、くらくらする思いだった。

ふと、女性が声をかけてきた。

「ああ、そうだ、そなたらに餞別《せんべつ》をやらねばならんな」

再び物入れから出してきたのは、ゴーグルだった。一つはひどく古い女性もので、もう一つは比較的新しい、けれども使い込まれたあとのあるものだった。それから、お金の入っているらしい袋も渡してきた。

「持っていくがいい。こっちのゴーグルは古いが、まあ、使えんこともない。そなたらには必要だろう。これはそなたが長年神殿で働いた給金だ」

「……どうして、あなたが……。それに、二級市民は」

「くだらんな、二級だの一級だの。労働に対価があって悪いものではないだろう」

エニシテはシリンを押しのけてさっさと餞別を受け取った。

「感謝するよ。あんたが誰だか知らないけど、来てくれなかったら出られなかった」

女性はシリンとエニシテを見て楽しげにくすくすと笑った。

「……つまらん娘にふとどきな輩《やから》だと思っていたが、どうして……。私のほうがよほどつまらん生き方をしていたな。残された時間は多くはないだろうが、私にもできることはある……」

女性は後半ひとりごちるようにそう言って、銀糸の入った衣を翻した。

「さあ、行くがいい。水の剣がなければそなたらは帝国となんの関わりもない。もう死んだとでも伝えておこうか。ジーマが望んだように、生きるのがそなたのすべきことだ」

「……ありがとう」

シリンは女性に声をかけたが、振り返ることもなく、イルダリヤ川から離れた道を歩き出した。強い日差しの中、白い衣が翻る姿が、鮮烈に目に焼き付いた。

エニシテは、シリンの手を摑んだ。

「行こう。早くここから離れるんだ」

「……あの人、ゴーグルもなしに……」

「……虹染病に罹《かか》ってる。目が虹色に輝いてた。だから……」

ジーマを、古い友だと語っていた。シリンのことをなぜか知っていて、餞別までくれた。だが、シリンは神殿であのような美しい女性を見たことがなかった。あの女性も、水の剣で運命が変わった人間の一人なのだろうか。それとも本当に水の女神だとでもいうのだろうか。

シリンにはわからなかった。けれども……。

シリンは目の前にある、流れを変えられたというイルダリヤ川と、綿花の畑を見渡した。人が及ぼせる力はこの程度のものだ。緑の向こうには、遙かに広がる砂漠がある。砂漠には魔獣が跋扈《ばっこ》し、耕作に適さない不毛の地が続く。人が安らかに過ごせる領域は少なく、ゴーグルなしには外を歩くこともできない。そんな世界にあってなお、人は力を求め、争いあう。この世界は、心のままにただ生きるということが、これほどに難しい。

しかし、だからこそ、自分の足で歩き、生きることは尊いのだ。

「行こう、エニシテ」

「うん」

二人は歩き出した。緑の野の向こう、遙かな荒野へと。

終章　遙かなる緑地

シリンは小さな鉢《はち》に植えたサクサウールの苗木を、車の荷台から、移動用の台車に下ろしていった。一つ一つは小さいけれど、数があるのでそれなりに重労働だ。

切られた髪もだいぶ伸びてきた。白い髪飾りでまとめるとちょうどいい。

「シリンー、水持ってきてくれるかな？　こっちはだいたい植え終わったよ」

「うん、今持っていくよ。ちょっと待っててね」

こむぎに台車を引いてもらってエニシテのもとに行くと、あらかたの植林は終わって、水を与えているところだった。こうして砂漠に苗木を植えて緑化を進めてはいるが、砂漠と化した湖は広大だ。

「気の長い話だよね」

「まあね。でもちょっとずつでも進めれば、〇はいつか一になって、二になって、最後は百にも千にもなるはず」

エニシテはそう言って笑う。

チェイダリを出た二人が向かったのは、ヴィーシャのもとだった。

あの謎の女性が言った通り、二人はもう追われることもなかった。二人は満身創痍《そうい》だったが、街道に出て商隊に同行させてもらい、帝国を抜けて、オアシスをいくつも巡りながらカエサレアへとたどり着いた。ヴィーシャは例によってぶつくさ言いつつも、二人を受け入れてくれた。嬉《うれ》しいことに、こむぎは例の遺跡から、ヴィーシャのもとへと戻ってきていた。

エニシテが、イルダリヤ湖に植林したい、と言いだしたのは、ヴィーシャのところに居《い》候《そうろう》して半年ほども経《た》った頃だった。

「水の剣《ラヴィーナ》を使って一気に湖を戻すようなことはできないけど、木を植えることで砂漠化の進行も止められるし、有害物質の飛散を止められれば、虹染病《こうせん》もなくなるかもしれない」

ヴィーシャが分けてくれた植物は、塩分の強い土地でも育つという。夏の間に苗を育て、冬を越してから、春暖かくなる頃に植林をする。いまはその初めての試みだった。

「どれくらい育つのかな……」

「最初だから半分も残ればいいと思う。ま、焦らないよ。焦るとろくなことがないって身をもって体験したからね」

「……うん。そうだね、少しずつ」

シリンがつぶやくと、エニシテは背後からそっと寄り添ってきた。ヴィーシャが作ってくれた新しい機械化義手は、残念ながら今まで使っていたサウル国のものより性能は劣《おと》る。正確に銃を扱う必要のある魔獣師《まじゅうし》を続けるのは難しかったが、シリンはかまわないと思っている。一日中苗を植え続けたエニシテからは、乾いた砂のにおいがした。

ヴィーシャによると、いまでもソグディスタンとゲルミリア帝国の間では小競り合いが続いている。北方の辺境諸国連合もなにやら動きが怪しいらしい。だが、水が失われ、見捨てられた土地となったクロライナには、誰も見向きもしない。すべては遠い世界の話のようだ。

「湖は戻らないかも知れないけど、いつか、ここを緑の森にするんだ。そうしたらエミネを連れてこよう。病気がよくなる日も来るかもしれないから」

「……うん」

シリンは目の前に広がる砂漠を見た。この茫漠《ぼうばく》たる砂漠を緑の森にする。まるで夢のような話だった。けれど。

「そうしたら、森に牧場を作りたい。こむぎにもお嫁さんをつれてきて増やしてもいいと思うの」

それは、ジーマの夢でもあった。エニシテも、それには気づいただろうが、なにも触れなかった。

「悪くないね。二足獣が増えたら、もっと砂漠の交易もさかんになるよ」

目を閉じると、見えるような気がした。

一面に広がる緑の大地に、こむぎの子供たちが駆け回っている。今はシリンとエニシテしかいない廃墟《はいきょ》の町にも、人が集まって、もう一度新たな町が作られるのだ。噂《うわさ》を聞きつけて、いつかチェイダリからナイエルも来てくれるだろう。

果てしのない夢。

けれども、それは最初の一歩を踏みだすことで、いつか現実へと繋《つな》がっていくのかもしれない。エニシテと、あの街を出た時のように。

「もうちょっとしたら、ヴィーシャのところに帰らないと。夕ご飯が待ってるよ」

「そうだなあ。料理が冷めると、ヴィーシャが不機嫌になるから」

二人はくすくすと笑い合った。

……だけど今は、もう少しだけ二人だけの時間を。

※この作品はフィクションです。実在の人物・団体・事件などにはいっさい関係ありません。

集英社オレンジ文庫をお買い上げいただき、ありがとうございます。
ご意見・ご感想をお待ちしております。

●あて先
〒101-8050　東京都千代田区一ツ橋2-5-10
集英社オレンジ文庫編集部 気付
森　りん先生

水の剣《ラヴィーナ》と砂漠の海

アルテニア戦記

集英社
オレンジ文庫

2021年10月25日　第1刷発行

著　者　森　りん
発行者　北畠輝幸
発行所　株式会社集英社
〒101-8050東京都千代田区一ツ橋2-5-10
電話【編集部】03-3230-6352
【読者係】03-3230-6080
【販売部】03-3230-6393（書店専用）
印刷所　図書印刷株式会社

造本には十分注意しておりますが、印刷・製本など製造上の不備がありましたら、お手数ですが小社「読者係」までご連絡ください。古書店、フリマアプリ、オークションサイト等で入手されたものは対応いたしかねますのでご了承ください。なお、本書の一部あるいは全部を無断で複写・複製することは、法律で認められた場合を除き、著作権の侵害となります。また、業者など、読者本人以外による本書のデジタル化は、いかなる場合でも一切認められませんのでご注意ください。

©RIN MORI 2021　Printed in Japan

ISBN 978-4-08-680414-1 C0193

集英社オレンジ文庫

森 りん

愛を綴る

読み書きのできない貧困層出身の
メイド・フェイスは五月祭で
出会った青年に文字の手ほどきを
受けるようになる。のちに彼が
フェイスの仕える家の御曹司だと
判明した時、既に恋は芽生えていて…。

好評発売中
【電子書籍版も配信中　詳しくはこちら→http://ebooks.shueisha.co.jp/orange/】

集英社オレンジ文庫

愁堂れな

逃げられない男

～警視庁特殊能力係～

元同僚・大原から近況報告が届いた。
沖縄で農家の手伝いをしているという
便りを嬉しく思う特能係だったが数日後、
傷害事件の容疑者に大原の名前が…!?

――〈警視庁特殊能力係〉シリーズ既刊・好評発売中――
【電子書籍版も配信中　詳しくはこちら→http://ebooks.shueisha.co.jp/orange/】

①忘れない男 ②諦めない男 ③許せない男
④抗えない男 ⑤捕まらない男

集英社オレンジ文庫

はるおかりの

後宮戯華伝
宿命の太子妃と仮面劇の宴

皇太子・高礼駿の花嫁を選ぶ東宮選妃に
名を連ねた汪梨艶。家名を傷つけない
程度に目立たず過ごそうとしていたが、
隠された礼駿の素顔を垣間見てしまい…。

――――〈後宮〉シリーズ既刊・好評発売中――――

【電子書籍版も配信中　詳しくはこちら→http://ebooks.shueisha.co.jp/orange/】

後宮染華伝　黒の罪妃と紫の寵妃

集英社オレンジ文庫

相川 真

京都伏見は水神さまのいたはるところ
ふたりの新しい季節

あの告白から4年。恋人になった
ひろと拓己は、幼馴染みだった頃から
なかなか進展せずにいたが…？

―〈京都伏見は水神さまのいたはるところ〉シリーズ既刊・好評発売中―
【電子書籍版も配信中　詳しくはこちら→http://ebooks.shueisha.co.jp/orange/】
①京都伏見は水神さまのいたはるところ ②花ふる山と月待ちの君
③雨月の猫と夜明けの花蓮 ④ゆれる想いに桃源郷の月は満ちて
⑤花舞う離宮と風薫る青葉 ⑥綺羅星の恋心と旅立ちの春

集英社オレンジ文庫

松田志乃ぶ

ベビーシッターは眠らない

泣き虫乳母《ナニー》・茨木花の奮闘記

ベビーシッターの茨木花に依頼が入った。
依頼主は両親ともに政治家ながら、
母親の不貞で近く父子家庭になる予定の
大和家だった。複雑な事情があるようだが、
実は花もある秘密を抱えていて…。

集英社オレンジ文庫

宮田 光

原作／アルコ・ひねくれ渡

小説

消えた初恋

青木が片想いの橋下さんから借りた
消しゴムには同じクラスの男子・井田の
名前が！　しかもその消しゴムを井田に
見られたことで、青木が井田を
好きだと勘違いされてしまい…？

コバルト文庫　オレンジ文庫

「ノベル大賞」

募集中！

小説の書き手を目指す方を、募集します！

幅広く楽しめるエンターテインメント作品であれば、どんなジャンルでもＯＫ！

恋愛、ファンタジー、コメディ、ミステリ、ホラー、ＳＦ、etc……。

あなたが「面白い！」と思える作品をぶつけてください！

この賞で才能を開花させ、ベストセラー作家の仲間入りを目指してみませんか⁉

大賞入選作

正賞と副賞300万円

準大賞入選作

正賞と副賞100万円

佳作入選作

正賞と副賞50万円

【応募原稿枚数】

400字詰め縦書き原稿100～400枚。


【しめきり】

毎年1月10日（当日消印有効）

【応募資格】

男女・年齢・プロアマ問わず

【入選発表】

オレンジ文庫公式サイト、WebマガジンCobalt、および夏ごろ発売の文庫挟み込みチラシ紙上。入選後は文庫刊行確約!

（その際には、集英社の規定に基づき、印税をお支払いいたします）

【原稿宛先】
〒101-8050　東京都千代田区一ツ橋2-5-10
（株）集英社　コバルト編集部「ノベル大賞」係

※応募に関する詳しい要項およびWebからの応募は
公式サイト（orangebunko.shueisha.co.jp）をご覧ください。